DON QUICHOTTE

Imp. de Lemercier, r. de Seine 57, Paris

BIBLIOTHÈQUE RÉCRÉATIVE

LE

DON QUICHOTTE

DU JEUNE AGE

BIBLIOTHÈQUE RÉCRÉATIVE ILLUSTRÉE.

SEMAINE D'UNE PETITE FILLE.
ÉDUCATION DE LA POUPÉE.
JEUX ET EXERCICES DES PETITES FILLES.
A LA GRACE DE DIEU.
DÉCOUVERTES ET INVENTIONS UTILES.
MILLE ET UNE NUITS (CHOISIES).
CONTES VRAIS.
L'ONCLE TOM RACONTÉ.

PARIS. — IMP. SIMON RAÇON ET COMP., RUE D'ERFURTH, 1.

LE

DON QUICHOTTE

DU JEUNE AGE

AVENTURES LES PLUS CURIEUSES

DE DON QUICHOTTE ET DE SANCHO

PRÉCÉDÉES D'UNE INTRODUCTION HISTORIQUE
SUR L'ORIGINE DE LA CHEVALERIE ET DES ROMANS DE CHEVALERIE
ET SUIVIES D'UNE CONCLUSION MORALE

PAR

ÉLIZABETH MÜLLER

NOUVELLE ÉDITION

PARIS

AMÉDÉE BÉDELET, LIBRAIRE

RUE PAVÉE SAINT-ANDRÉ-DES-ARTS, 14.

1862

INTRODUCTION

I

— Grand'maman, voulez-vous bien me raconter une histoire? celle de don Quichotte, par exemple : elle doit être très-amusante, car, quand vous la lisez, je vous vois toujours rire un peu.

— Il est vrai, c'est ma lecture favorite : mais elle ne convient nullement à ton âge, parce que, pour comprendre [et apprécier tout le mérite de don Quichotte, il faut deux grandes conditions que tu n'as pas encore acquises, fillette : l'*instruction* et l'*expérience*.

La bonne aïeule réfléchit un instant, puis elle reprit :

— Cependant je veux bien te satisfaire; peut-être pourrai-je faire ressortir de cette lecture quelque enseignement moral utile à ta jeunesse et des détails historiques qui ne seront pas non plus sans profit pour ta mémoire. J'extrairai donc des gros volumes consacrés aux exploits de don Quichotte un petit nombre de chapitres suffisant pour satisfaire ta curiosité; mais, auparavant, il est nécessaire que je t'instruise de quelques événements, des usages et des abus qui ont fourni à l'auteur le sujet de son ouvrage.

II

Les hommes du Nord.

Tu as commencé à étudier l'histoire de France, fillette? Les règnes sans gloire de nos premiers rois t'ont

d'abord inspiré peu d'intérêt, mais celui du grand
Charlemagne a dû ranimer ton zèle en excitant ton
admiration. Tu sais combien il fut juste, savant, brave,
pieux surtout, puisque l'Église l'a placé au rang des
saints. Les principaux chefs de ses armées étaient tous
sages et courageux comme lui ; il les appelait ses *preux*,
c'est-à-dire ses fidèles. Vainqueur dans toutes les
guerres qu'il avait soutenues contre les nations étran-
gères, Charlemagne avait rendu la France grande et
riche ; l'Europe entière respectait sa vertu, redoutait
sa puissance.

Cependant, un jour on vit apparaître sur l'Océan
une multitude de barques remplies d'hommes d'un
aspect farouche ; ils fondirent sur nos rivages, pillè-
rent et brûlèrent les villages ; puis, chargés de butin,
ils regagnèrent leurs barques et disparurent dans l'ho-
rizon brumeux du Nord.

Plus tard, ces hardis pirates revinrent et osèrent,
cette fois, s'avancer jusque sur nos fleuves ; Charlemagne envoya contre eux une armée qui les
chassa.

Mais, quand le puissant roi fut mort, ses succes-
seurs, princes à l'esprit faible, au cœur timide, aban-

donnèrent la France aux brigands du Nord, qui s'em
parèrent de la belle province appelée depuis, de leur
nom, Normandie.

Les grands seigneurs français, loin de secourir alors
ces rois lâches, n'eurent pour eux que du mépris; ils
profitèrent de leur faiblesse pour s'établir en maîtres dans les provinces qu'ils étaient chargés de gouverner, et, retirés, avec les habitants de leurs do-
maines, dans des châteaux forts, bâtis comme des
nids d'aigles, au sommet des montagnes, ils dé-
fiaient à la fois les hordes normandes et les ordres
du roi.

Dans ces demeures solitaires, n'ayant pour société
que d'humbles serviteurs ou de bruyants hommes
d'armes, n'étant eux-mêmes uniquement occupés que
d'exercices militaires, les seigneurs français perdirent
peu à peu les mœurs douces et polies que le noble et
savant Charlemagne avait jadis établies à sa cour. Fa-
rouches, arrogants envers leurs voisins, ils se livraient
parfois les uns les autres une guerre acharnée, et, vain-
queurs impitoyables, ils s'emparaient des biens du
vaincu, chassaient sa veuve et ses orphelins ou les
réduisaient en servitude. Bientôt enfin, à l'exemple

des Normands pillards, on vit les nobles attaquer sur les routes les marchands et les voyageurs, et retenir captifs ces malheureux jusqu'à ce qu'ils eussent consenti à leur payer une forte somme d'argent appelée *rançon*.

III

Les fils des preux.

Cependant l'honneur de notre antique noblesse française ne devait point être à jamais souillé : il existait encore quelques descendants des anciens preux qui surent le sauver et le conserver à notre respect; ils résolurent de se consacrer à la poursuite des coupables et à la défense de tous les êtres faibles ou pauvres en butte aux violences du plus fort. Alors ils s'organisèrent en différents ordres dont les règles sévères et précises, comme celles des ordres religieux, prescrivirent le service de Dieu, la fidélité au roi, le respect aux dames, et, pour signe de ralliement, ils

adoptèrent cette devise, abrégé de tous leurs devoirs :
Dieu, l'honneur et les dames.

En ce temps, les nobles seuls jouissaient du droit
de ne combattre qu'à cheval; de là, ceux qui se vouè-
rent ainsi à la défense de l'humanité furent appelés *chevaliers*, et leur institution retint le nom de *chevalerie*.

Le jeune homme que sa naissance appelait au rang
de chevalier était placé, dès son enfance, chez quelque
haut seigneur, chevalier lui-même, près duquel il
remplissait d'abord les fonctions de *page* ou *varlet*. Il
servait ce noble maître, soignait son armure de fer,
l'aidait à s'en revêtir ou à la déposer, s'exerçait à ma-
nier la lance et l'épée, et s'endurcissait à la fatigue et
aux plus pénibles exercices. Le page parvenait ensuite
au grade d'*écuyer*; puis, lorsqu'il avait atteint sa vingt
et unième année, on lui conférait celui de chevalier, au
milieu de cérémonies pieuses et toutes symboliques.

Après avoir passé la nuit en prières, ce que l'on
nommait la *veille des armes*, le jeune homme, vêtu
de lin blanc, fléchissait le genou devant un chevalier,
son *parrain*, qui lui donnait l'*accolade*, baiser suivi
de trois coups de plat d'épée sur l'épaule et d'un petit

soufflet sur la joue, ce qui signifiait qu'un chevalier devait tout endurer plutôt que de manquer à son serment, et lui chaussait ensuite les éperons dorés. Souvent la dame du château daignait le ceindre elle-même de l'épée bénite et de l'écharpe brodée; puis on amenait au nouveau chevalier son cheval de combat.

Lorsque aucun désordre ne nécessitait la présence des chevaliers dans leur pays, ils s'en allaient visiter les autres provinces. Toujours chargés de leurs armes pesantes, ils parcouraient nuit et jour les forêts, les routes écartées, cherchant partout les brigands à punir, des malheureux à secourir, répandant des aumônes, priant avec ferveur, et s'entretenant de la *dame de leurs pensées*, de la dame qui leur était promise pour épouse et dont ils devaient mériter l'estime par leurs exploits et leurs vertus. Ces chevaliers voyageurs étaient appelés *chevaliers errants*.

Quoique tu sois encore une bien jeune enfant, ma fille, tu éprouveras, j'en suis sûre, une impression de respect et d'admiration quand tu sauras comment, animés d'un saint zèle pour la gloire du Seigneur, les chevaliers, quittant leurs biens et leurs familles, s'en allèrent soutenir en Asie six guerres successives, pour chasser de Jérusalem les Arabes, ennemis des chré-tiens, et sauver de leurs profanations la croix et le tombeau sacré de Jésus-Christ !

Ces guerres sont appelées *croisades* ou *guerres de la croix*.

IV

Les romans.

Ainsi, pendant trois cents ans, la chevalerie fit res-pecter partout sa noble devise ; par son exemple et ses travaux, l'ordre, la justice, l'autorité du roi furent enfin rétablis. Dès lors son secours cessa d'être utile ; le titre de chevalier ne fut bientôt plus qu'une dignité réservée à la noblesse, puis une récompense accordée aux plus braves guerriers, telle que l'est aujourd'hui l'ordre de la Légion d'honneur, qui, comme la chevale-rie, a des grades, pour écharpe un ruban, et, conserve dans sa devise, un mot d'ordre des preux, *honneur*.

Mais, quand les cérémonies et les usages de cette belle institution eurent cessé d'être observés, la bravoure des anciens preux, leur magnanimité, leur extrême politesse, qu'on nomme *courtoisie*, demeurèrent toujours les modèles de tous ceux qui aspiraient à acquérir une belle renommée dans la profession des armes. Leurs exploits furent célébrés par les poëtes; mais, comme si leur simple et véridique histoire n'était point un assez fertile sujet de louanges et d'admiration, ces poëtes se plurent à composer des récits d'aventures imaginaires, dans lesquelles des chevaliers accomplissaient des prouesses impossibles contre des êtres fabuleux, tels que des géants et des enchanteurs, sortes de génies malfaisants.

— Comme il s'en trouve dans les contes des fées?

— C'est cela. Les livres dont je te parle sont appelés *romans*, parce qu'ils furent écrits en langue romane, que l'on parlait alors en France. Un des plus connus est intitulé les *Chevaliers de la Table ronde*. L'auteur raconte qu'un puissant enchanteur, nommé Merlin, avait employé tout son art à construire cette table, ainsi que les siéges qui l'entouraient; ces siéges ne pouvaient être occupés que par des chevaliers de la plus

2

haute renommée; quand, par la mort de l'un d'eux, une place devenait vacante, il fallait que celui qui s'y présentait surpassât encore le défunt en bravoure; sans cette condition, il en était violemment repoussé par une force invisible; si, au contraire, il en était digne, au moment où le nouveau chevalier, conduit par le roi, s'avançait vers la table magique, une musique céleste se faisait entendre, de suaves parfums embaumaient l'air, et soudain son nom paraissait inscrit sur le siége en caractères lumineux.

— Mais ils devaient être fort amusants, ces romans?

— S'ils n'avaient contenu que le récit de semblables merveilles, il eût peut-être été possible d'y prendre quelque plaisir, mais que diras-tu de ce beau discours par lequel un chevalier de roman exprimait à sa dame son respect et son dévouement : « La raison de la déraison que vous faites à ma raison affaiblit si fort ma raison, que ce n'est pas sans raison que je me plains de votre beauté. »

— Tout ce que je puis comprendre à tout cela, bonne maman, c'est que ce n'est pas fort raisonnable.

— Et j'ajouterai que tu as raison, mon enfant. Cependant la lecture de ces livres absurdes était devenue fort à la mode, lorsqu'un Espagnol, nommé Michel Cervantès, fit paraître l'*Histoire de don Quichotte*, qui n'est autre chose qu'une *parodie*, c'est-à-dire une imitation burlesque et comique des romans de chevalerie, dans le but de faire ressortir les défauts de ces absurdes compositions.

V

Michel Cervantès.

La vie de cet homme remarquable fut remplie d'aventures extraordinaires.

— Racontez-moi aussi, je vous prie, cette histoire, bonne maman?

— La famille de Cervantès était noble, mais pauvre. Il devait donc subvenir lui-même à son existence par le travail; mais le jeune homme préférait la liberté à la richesse, les fantaisies variées de son imagination à l'enseignement froid et grave des professeurs, et, abandonnant les écoles, il s'en alla, voyageant et composant des vers et des comédies. Puis il se fit soldat, et combattit vaillamment pour l'Espagne contre les Turcs, à la bataille de Lépante.

Ayant perdu la main gauche dans ce combat, il dut renoncer à l'état militaire, et, comme il revenait en Espagne, le vaisseau qui le portait fut pris par des pirates qui vendirent Cervantès comme esclave, ainsi que les autres passagers, à des habitants d'Alger.

Notre héros et ses compagnons souffraient depuis cinq ans cette dure servitude, lorsque, un jour, l'un d'eux, travaillant dans un jardin, y découvrit l'entrée d'un souterrain qui s'étendait jusqu'à la mer. Par les soins de Cervantès tous les captifs étaient parvenus à s'y réunir, à s'y cacher, déjà ils allaient monter à bord d'un vaisseau espagnol, lorsqu'ils furent surpris et ramenés à leurs maîtres.

Enfin la sœur de Cervantès parvint à recueillir la somme que les Barbares demandaient pour sa rançon, et la liberté lui fut rendue. De retour dans sa patrie, il se livra tout entier à son goût pour la poésie; mais ses ouvrages, aujourd'hui si admirés, ne furent alors

accueillis qu'avec indifférence. Il mourut pauvre et
ignoré.

Quelques jours après cet entretien, l'aïeule remit
à l'enfant un extrait de l'*Histoire de don Quichotte*
que, à notre tour, nous offrons à nos jeunes lecteurs.

2.

L'Ecuyer en se réveillant, chercha en vain son fidèle compagnon.

HISTOIRE

DE

DON QUICHOTTE

ET DE SANCHO

CHAPITRE PREMIER

DU CARACTÈRE ET DES OCCUPATIONS DU FAMEUX DON QUICHOTTE DE LA MANCHE

Dans un village de la Manche, en Espagne, vivait, il n'y a pas longtemps, un pauvre gentilhomme. Sa maison était composée d'une vieille gouvernante, d'une jeune nièce et d'un valet. L'âge de notre gentilhomme approchait de cinquante ans. Il était vigoureux, robuste, d'un corps sec, d'un visage maigre, très-matinal, et grand chasseur.

Lorsque notre gentilhomme était oisif, c'est-à-dire les trois quarts de la journée, il s'appliquait à la lecture des livres de chevalerie. Cette passion devint si forte, qu'il vendit plusieurs morceaux de terre pour se former une bibliothèque de ces livres. Cette continuelle lecture et le défaut de sommeil lui desséchèrent la cervelle : il perdit le jugement.

Bientôt il lui vint dans l'esprit l'idée la plus étrange que jamais on ait conçue. Il s'imagina que rien ne serait plus honorable pour lui, plus utile à sa patrie, que de ressusciter la chevalerie errante, en allant lui-même à cheval, armé comme les paladins, cherchant les aventures, redressant les torts, réparant les injustices. Enivré de ces espérances, il résolut aussitôt de mettre la main à l'œuvre. La première chose qu'il fit fut d'aller chercher de vieilles armes couvertes de rouille, qui, depuis son bisaïeul, étaient restées dans un coin. Il les nettoya, les rajusta le mieux qu'il put, et parvint à se fabriquer, avec du carton, quelque chose qui ressemblait à un casque. Alors il fut voir son cheval, et, quoique la pauvre bête ne fût qu'un squelette vivant, il lui parut très-vigoureux. Il rêva pendant quatre jours au nom qu'il lui donnerait. Après en avoir adopté, rejeté, changé plusieurs, il se détermina pour *Rossinante*, nom sonore, selon lui, beau, grand, significatif. Il fut si content d'avoir trouvé ce nom superbe pour son cheval, qu'il résolut d'en chercher un pour lui-même, et cela lui coûta huit autres jours. Enfin il se nomma don Quichotte, et, se rappelant que dans les romans les chevaliers portaient, joint à leur nom, celui de leur patrie, il voulut s'appeler *Don Quichotte de la Manche*.

C'était quelque chose que d'avoir des armes, un demi-casque de carton, un coursier déjà nommé, un nom imposant pour lui-même; mais le principal lui manquait encore, c'était une dame à aimer. Il établit pour la souveraine de son cœur une jeune paysanne nommée Aldonza Lorenzo; mais, voulant lui donner un nom plus convenable à une princesse, il l'appela *Dulcinée du Toboso* : c'était dans ce village qu'elle demeurait.

CHAPITRE II

Notre héros étant pourvu de tout ce qu'il lui fallait, ne voulut pas différer plus longtemps l'exécution de son projet. Il se croyait responsable de tout le mal que son inaction laissait commettre sur la terre. Un matin donc, avant le jour, sans être vu, il se couvre de ses armes, monte sur Rossinante, sort par une porte de derrière, et se voit enfin en campagne. Surpris, charmé que le commencement d'une aussi grande entreprise n'eût pas éprouvé plus de difficultés, il lui vint pourtant une réflexion désolante, qui manqua lui faire tout abandonner : il se rappela qu'il n'était point armé chevalier, et que, suivant leurs lois sacrées, il lui était défendu de combattre avant d'avoir reçu l'ordre de la chevalerie. Ce terrible scrupule le tourmentait; mais il y trouva remède. Il se promit de se faire recevoir chevalier par le premier qu'il rencontrerait, comme cela était arrivé à tant d'autres dont il avait lu les histoires.

Tout en marchant, le nouveau chevalier s'entretenait avec lui-même, selon ce qu'il avait vu dans ses livres, dont il imitait de son mieux le langage :

— O princesse Dulcinée! disait-il, dame de ce cœur esclave, souvenez-vous de ce que je vais endurer de fatigues et de souffrances pour mériter vos bontés!

Il marcha presque tout le jour sans rencontrer, à son grand dépit, la moindre occasion d'exercer son courage. Vers le soir, son cheval et lui s'arrêtèrent mourant de faim. En regardant de tous côtés, il aperçut une hôtellerie.

Don Quichotte, qui voyait partout ce qu'il avait lu, n'eut pas plutôt découvert l'hôtellerie, qu'il la prit pour un château superbe avec ses fossés et son pont-levis, ses quatre tours, tels qu'ils sont décrits dans les romanciers. Il s'approcha du prétendu château, et, s'arrêtant à peu de distance, il attendit que le nain se montrât sur une des plates-formes pour annoncer, selon l'usage, en sonnant de la trompette, l'arrivée du chevalier. Comme le nain ne se pressait pas, notre héros s'avança jusqu'à la porte où étaient deux jeunes femmes dont les maris étaient muletiers. Elles lui parurent deux demoiselles de haut parage, prenant le frais devant leur château. Dans le même instant, un porcher, pour rassembler son troupeau, se mit à sonner d'un mauvais cornet. Don Quichotte ne douta plus que ce ne fût le nain qui l'annonçait, et, s'adressant aux jeunes femmes un peu effrayées de ses armes :

— Rassurez-vous, leur dit-il en leur montrant, sous sa visière de carton, un visage sec et poudreux, Vos Seigneuries n'ont rien à craindre : les lois de la chevalerie, que je fais profession de suivre, me défendent d'offenser personne, et me prescrivent surtout d'être aux ordres des demoiselles aussi respectables que vous.

Les jeunes femmes étonnées le considéraient avec de grands yeux et une grande envie de rire. Heureusement l'aubergiste arriva. Il fut, comme elles, sur le point de rire quand il aperçut l'extraordinaire figure du gentilhomme cuirassé; mais, craignant qu'il ne prit mal la plaisanterie, il voulut en user poliment.

— Seigneur chevalier, dit-il, si Votre Seigneurie demande à coucher, elle trouvera ici tout ce qu'il lui faut, excepté un lit : c'est la seule chose qui nous a toujours manqué.

Don Quichotte, très-satisfait de ces offres obligeantes, se hâta de lui répondre :

— Seigneur châtelain, tout est bon pour moi; les armes sont ma parure et les combats mon repos.

— Cela étant, reprit l'aubergiste un peu surpris de s'entendre appeler châtelain, si Votre Seigneurie veut passer ici la nuit sans dormir, elle y sera plus commodément que partout ailleurs.

En achevant ces mots, il courut tenir l'étrier de don Quichotte, et conduisit Rossinante à l'écurie.

CHAPITRE III

DE L AGRÉABLE MANIÈRE DONT NOTRE HÉROS REÇUT L'ORDRE DE CHEVALERIE

Après qu'il eut soupé, don Quichotte se lève, appelle l'aubergiste, et se jette à ses genoux :

— Illustre chevalier, lui dit-il, j'ose supplier votre courtoisie de vouloir m'accorder un don : c'est que demain, au point du jour, vous me confériez l'ordre de chevalerie.

L'aubergiste avait d'abord soupçonné la folie de don Quichotte, il n'en douta plus après ces paroles; et, voulant s'en amuser, il lui répondit très-sérieusement :

— Seigneur, un si noble désir est digne de votre

Ô Duchesse de beauté, vous voyez devant vous la fleur
des chevaliers errants.

grande âme. Demain matin, nous remplirons toutes les cérémonies nécessaires.

Don Quichotte, pressé de commencer la veille des armes, alla chercher les siennes, qu'il vint porter au milieu de la cour, sur une auge, près du puits. Il prit seulement son écu, sa lance, et se mit à se promener en long et en large devant l'auge, affectant une contenance aussi tranquille que fière.

Dès le point du jour, l'aubergiste alla chercher le livre où il écrivait ses rations de paille, et, suivi d'un petit garçon qui portait un bout de chandelle, et des deux jeunes femmes dont j'ai parlé, il revint trouver don Quichotte, qu'il fit mettre à genoux devant lui. Marmottant alors dans son livre, comme s'il eût dit quelque oraison, il leva la main, la fit tomber assez rudement sur le cou de don Quichotte, et, sans s'interrompre, le frappa de même avec le plat de son épée. L'une de ces dames lui ceignit l'épée, l'autre lui chaussa l'éperon.

Toutes les cérémonies achevées, notre nouveau chevalier, qui brûlait d'aller chercher les aventures, courut seller Rossinante, monta dessus, et, tout à cheval, vint embrasser l'aubergiste, en le remerciant de la faveur qu'il avait reçue de lui dans des termes si extraordinaires, qu'il me serait impossible de les rapporter.

CHAPITRE IV

DE CE QUI ADVINT A NOTRE CHEVALIER AU SORTIR
DE L'HOTELLERIE

Don Quichotte se remit en route, si charmé, si transporté de se voir enfin armé chevalier, qu'il en tres-
saillit sur son cheval. Il résolut de se donner un
écuyer ; dans cette pensée, il reprit le chemin de son
village. Il n'avait pas fait deux milles qu'il vit venir
une troupe de gens à cheval. C'étaient, comme on l'a
su depuis, des marchands de Tolède.

Don Quichotte, pour imiter autant que possible ce
qu'il avait lu dans les livres, va se placer au milieu
du chemin, prend une contenance fière, s'affermit sur
ses étriers, prépare sa lance et serre son écu ; et,

croyant s'adresser à des chevaliers errants, il crie d'une voix tonnante :

— Arrêtez tous, et confessez qu'aucune beauté de la terre n'égale l'impératrice de la Manche, la sans pareille Dulcinée du Toboso.

A ces paroles, à cette étrange figure, les marchands surpris s'arrêtèrent ; mais, jugeant bientôt que c'était un fou, l'un d'eux, plaisant et spirituel, voulut s'amuser de cette rencontre.

— Seigneur chevalier, dit-il, aucun de nous ne connaît la dame dont vous nous parlez. Ayez la bonté de nous la faire voir ; si elle est aussi belle que vous le dites, nous en conviendrons de tout notre cœur.

— Vraiment, reprit don Quichotte, si vous la voyiez, où serait le mérite de la trouver belle ? L'important, c'est que, sans l'avoir vue, vous en soyez sûrs, le disiez, l'affirmiez, le juriez et le souteniez ; sinon, préparez-vous au combat, race orgueilleuse et superbe, soit un à un, selon les lois de la noble chevalerie, soit tous ensemble : mon bras seul suffit à ma cause.

Et, comme les marchands continuaient de se refuser à ce que l'insensé exigeait :

— Défendez-vous, canaille infâme ! leur cria-t-il ; vous allez payer tout à l'heure votre insolence et vos blasphèmes !

A ces mots il court, la lance baissée, contre le

3.

blasphémateur ; et, si son cheval n'eût fait un faux
pas, le railleur s'en fût mal trouvé. Rossinante à bas,
son maître par terre, embarrassé de son écu, de sa
lance, de ses éperons, ne put jamais se relever. Au
milieu de ses vains efforts il criait toujours :

— Ne fuyez pas, lâches !

Un valet de mule qui n'était point plaisant s'ennuya
c ses injures. Il s'approcha du chevalier démonté,
prit sa lance, qu'il rompit en pièces, et, s'armant d'un
des morceaux, répondit à coups de bâton aux menaces
furieuses de don Quichotte. Enfin il rejoignit la troupe,
qui continua son chemin.

L'infortuné don Quichotte, voyant qu'il ne pouvait
se mouvoir, eut recours à son remède ordinaire, et
chercha dans sa mémoire quelque anecdote de ses
livres qui eût rapport à sa situation. L'ayant trouvée,
il se mit à se rouler par terre avec toutes les marques
du désespoir, répétant ces paroles lamentables que
l'auteur fait dire à un chevalier vaincu :

— Où êtes-vous, madame, que mon mal vous touche
si peu ? Ou vous ne le savez pas, ou vous êtes fausse
et déloyale.

Comme il continuait le roman, le hasard fit qu'il
passa un laboureur de son village, qui, voyant un
homme ainsi étendu, s'approcha, lui ôta son casque,
et, lui ayant lavé le visage, qu'il avait plein de poussière, le reconnut :

— Eh! bon Dieu! seigneur! s'écria-t-il, qui vous a arrangé de la sorte?

Mais, quoi qu'il pût dire, l'autre poursuivait toujours le roman. Le bonhomme, voyant qu'il n'en pouvait tirer autre chose, lui ôta sa cuirasse pour visiter ses blessures; mais il n'en trouva point, et, après l'avoir levé de terre avec bien de la peine, il le mit sur son âne pour le mener plus doucement; et, prenant Rossinante par la bride, il marcha vers le village, rêvant et ne pouvant rien comprendre aux folies que disait le pauvre don Quichotte.

Le laboureur, qui ne voulait pas qu'on vît notre gentilhomme si mal monté, attendit quelque temps, et, quand la nuit fut venue, il mena don Quichotte à sa maison, où tout était en grand trouble de l'absence du maître. Le curé et maître Nicolas le barbier, ses bons amis, y étaient, et la nièce et la servante pleuraient sa soudaine disparition et sa triste folie.

— Que Satan et Barabbas, disait cette dernière, puissent emporter tous ces maudits livres de chevalerie qui ont ainsi gâté la meilleure cervelle de toute la Manche!

— Ah! je le jure, dit le curé, la journée de demain ne se passera point qu'on ne brûle tous ces livres qui ont perdu le meilleur de mes amis.

En ce moment le laboureur, qui conduisait don Quichotte, frappa à la porte. On ouvrit, et ses amis, sa nièce et sa servante coururent tous à lui pour l'embrasser.

— Arrêtez! dit froidement don Quichotte; qu'on me porte au lit; je suis fort meurtri pour avoir fait une chute terrible avec Rossinante en combattant contre dix géants, et des plus vaillants qu'il soit au monde.

Le lendemain, notre héros fatigué dormait profondément quand le curé et le barbier, ayant demandé à la nièce la clef de la chambre aux livres, livrèrent tous les romans aux flammes, et il n'en resta bientôt plus que des cendres.

Don Quichotte parut tranquille pendant les quinze jours suivants, et ne laissa point soupçonner qu'il s'occupât d'une nouvelle campagne. Néanmoins, pendant ce temps, il sollicitait en secret de le suivre, en qualité d'écuyer, un laboureur de ses voisins, homme de bien, mais dont la tête n'avait pas beaucoup de cervelle. Parmi beaucoup de promesses que notre héros fit à ce bon homme, il lui répétait toujours que, dans ce beau métier d'écuyer errant, rien n'était plus ordinaire que de gagner en un tour de main le gouvernement d'une île. Le crédule laboureur, qui s'appelait Sancho Pança, fut surtout séduit par cette espérance, et résolut de quitter et ses enfants et sa femme pour courir après ce gouvernement. Don Quichotte, sûr d'un écuyer, s'occupa de ramasser un peu d'argent.

Il raccommoda son casque, se pourvut de chemises,
et recommanda à Sancho de se munir d'un bissac.
Sancho lui dit qu'il avait envie d'emmener son âne,
qui était une excellente bête. Le nom d'âne fit quelque
peine à don Quichotte; il ne se rappelait point qu'aucun écuyer célèbre eût suivi son maître de cette manière. Mais, faisant réflexion qu'il donnerait à Sancho
le cheval du premier chevalier vaincu, il ne vit point
d'inconvénient à le laisser venir sur son âne.

Tous leurs arrangements faits, une belle nuit don
Quichotte et son écuyer, sans prendre congé de personne, partirent et marchèrent si bien, qu'au point
du jour ils ne craignaient plus de pouvoir être rat-
trapés.

CHAPITRVE

COMMENT DON QUICHOTTE MIT FIN A L'ÉPOUVANTABLE AVENTURE DES MOULINS A VENT

Dans ce moment, don Quichotte aperçut trente ou quarante moulins à vent ; et, regardant son écuyer :

— Ami, dit-il, vois-tu là-bas ces géants terribles ? Ils sont plus de trente ; n'importe, je vais attaquer ces fiers ennemis de Dieu et des hommes.

— Quels géants ? répondit Sancho.

— Ceux que tu vois avec ces grands bras qui ont peut-être deux lieues de long.

— Mais, monsieur, prenez-y garde : ce sont des moulins à vent ; et ce qui vous semble des bras n'est autre chose que leurs ailes.

— Ah ! mon pauvre ami, l'on voit bien que tu n'es

pas encore expert en aventures. Ce sont des géants, je m'y connais. Si tu as peur, éloigne-toi, va quelque part te mettre en prière, tandis que j'entreprendrai ce dangereux combat.

En disant ces paroles il pique des deux sans écouter le pauvre Sancho, qui se tuait de lui crier que ce n'étaient point des géants, mais des moulins.

— Attendez-moi, disait l'insensé, attendez-moi, lâches brigands; un seul chevalier vous attaque.

A l'instant même un peu de vent s'éleva et les ailes se mirent à tourner.

— Oh! vous avez beau faire, ajouta don Quichotte; quand vous remueriez plus de bras que le géant Briarée, vous n'en serez pas moins punis.

Il dit, embrasse son écu, et, se recommandant à Dulcinée, tombe, la lance en arrêt, sur l'aile du premier moulin, qui l'enlève lui et son cheval, et les jette à vingt pas l'un de l'autre. Sancho se pressait d'accourir au plus grand trot de son âne. Il eut de la peine à relever son maître, tant la chute avait été lourde.

— Eh! Dieu me soit en aide! dit-il; je vous crie depuis une heure que ce sont des moulins à vent. Il faut en avoir d'autres dans la tête pour ne pas le voir tout de suite.

— Paix! paix! répondit le héros : c'est dans le métier de la guerre que l'on se voit le plus dépendant

des caprices de la fortune, surtout lorsqu'on a pour
ennemi ce redoutable enchanteur Freston, déjà voleur
de ma bibliothèque. Je vois bien ce qu'il vient de faire :
il a changé les géants en moulins pour me dérober la
gloire de les vaincre. Patience! il faudra bien à la fin
que mon épée triomphe de sa malice.

— Dieu le veuille! répondit Sancho en le remettant
debout, et courant en faire autant à Rossinante, dont
l'épaule était à demi déboîtée.

CHAPITRE VI

UNE AVENTURE EXTRAORDINAIRE

Le lendemain, comme le maître et l'écuyer s'entre-tenaient tous deux en cheminant, don Quichotte aperçut deux religieux montés sur deux grandes mules, qui lui parurent des dromadaires. Derrière eux venaient leurs valets à pied; plus loin, un car-rosse entouré de quatre ou cinq hommes à cheval. Dans ce carrosse était une dame de Biscaye qui s'en allait à Séville rejoindre son mari prêt à passer aux Indes. Les deux religieux ne voyageaient pas avec cette dame, mais ils suivaient la même route. Dès que don Quichotte les découvrit :

— Ou je me trompe, dit-il à son écuyer, ou je t'an-

4

nonce une aventure telle qu'on n'en a point encore
vu. Ces figures noires que tu vois venir à nous ne
peuvent être que deux enchanteurs qui ont sûrement
enlevé quelque princesse et l'emmènent dans ce carrosse. Tu sens, mon ami, que je ne puis passer cela.

A ces mots, il pousse Rossinante, arrive auprès des
religieux :

— Satellites du diable, leur cric-t-il, rendez sur-le-
champ la liberté à ces hautes princesses que vous avez
enlevées, ou préparez-vous à recevoir le châtiment de
votre audace.

Les moines surpris arrêtent leurs mules.

— Seigneur chevalier, répond l'un d'eux, bien
loin d'être ce que vous dites, nous sommes deux religieux de Saint-Benoît qui voyageons pour nos af-
faires...

— On ne m'abuse point avec de douces paroles,
interrompit don Quichotte : je vous connais trop,
canaille maudite.

Il court aussitôt la lance baissée contre un des pauvres religieux, qui n'eut que le temps de se jeter en
bas de sa mule. Son compagnon, effrayé, pique la
sienne le mieux qu'il peut et s'échappe dans la campagne.

Don Quichotte, pendant ce temps, s'était pressé de
joindre le carrosse, et, s'approchant de la portière :

— Madame, dit-il, votre beauté peut aller où bon

lui semble : ce bras vient de vous délivrer et de punir vos ennemis. Vous désirez sans doute connaître le nom de votre libérateur; apprenez donc que je suis don Quichotte de la Manche, chevalier errant, et l'esclave de la belle Dulcinée du Toboso. Je ne vous demande, pour prix de ce que je viens de faire, que de vous donner la peine d'aller jusqu'au Toboso, de vous présenter devant cette illustre dame, et de lui dire comment je vous ai rendu la liberté.

Ce beau discours était écouté par un cavalier biscayen qui accompagnait le carrosse. Il n'y comprenait pas grand'chose; mais, voyant que notre héros s'opposait à ce que la voiture continuât sa route, et voulait absolument la faire retourner du côté de Toboso, il s'approcha de don Quichotte, qu'il tira rudement par sa lance, et lui dit en mauvais espagnol de son pays :

— Va-t'en, cavélier que mal vas; par le Dieu qui m'a créé, si toi ne pas laisser le carrosse, moi te tuer comme suis Biscayen.

En disant ces paroles il tire son épée, don Quichotte en fait autant.

— Fleur de beauté, dit-il, Dulcinée, souveraine de mon cœur, secourez votre chevalier dans cet imminent péril.

Il se relève sur ses étriers, saisit son épée à deux mains, et la fait tomber comme une montagne sur la tête de son ennemi. Le coup fut si fort, si terrible, que le sang coula dans l'instant par la bouche et par les narines du malheureux Biscayen. Notre héros, dans sa fureur, ne l'aurait pas épargné; mais les dames du carrosse, jusqu'alors tremblantes spectatrices du combat, accoururent auprès du vainqueur pour lui demander en grâce de ne pas tuer leur écuyer. Don Quichotte répondit avec une gravité fière :

— Illustres princesses, je consens à ce que vous désirez, et je n'y mets qu'une condition : c'est que ce chevalier ne manquera point d'aller jusqu'au Toboso se présenter de ma part à la belle dona Dulcinée, pour qu'elle ordonne de son sort.

Les pauvres dames, sans demander ce que c'était que cette Dulcinée, promirent tout au nom du Biscayen, et don Quichotte, content, laissa la vie au vaincu.

C'est un de vos serviteurs, madame.

CHAPITRE VII

DE LA PLUS EXTRAORDINAIRE DES AVENTURES QUE DON QUICHOTTE MIT A FIN

Sancho était resté témoin du combat, en priant Dieu pour don Quichotte. Le voyant vainqueur, il accourut promptement se mettre à genoux devant lui, prit sa main, la baisa, et d'une voix respectueuse :

— Mon bon maître, lui dit-il, si Votre Seigneurie avait pour agréable de me faire présent de l'île que vous venez de gagner, vous pouvez être certain que je la gouvernerai de manière à vous rendre satisfait.

— Mon pauvre ami, répondit don Quichotte; ce ne sont point ici des aventures d'îles, ce sont de simples rencontres où tous les profits se bornent souvent à

4.

revenir avec la tête cassée ou une oreille de moins. Prends patience ; une autre occasion te vaudra le gouvernement.

Sancho le remercia, lui baisa la main, et, après l'avoir aidé à remonter sur Rossinante, il le suivit au trot de son âne.

Don Quichotte fit encore plusieurs rencontres extraordinaires, mais elles ne furent point couronnées de succès. Sancho lui-même, malgré sa prudence habituelle, avait été fort mal traité la veille, dans une hôtellerie, par des muletiers. Le maître et l'écuyer étaient tous deux meurtris des coups qu'ils avaient reçus.

— Monsieur, disait Sancho, si nous continuons à chercher les aventures, nous en trouverons de si bonnes que notre peau y restera.

— Tout ira mieux, mon enfant, car je vais tâcher de me procurer le casque enchanté de Mambrin et quelque épée comme celle d'Amadis de Gaule, avec laquelle on brise, on détruit toutes sortes d'enchantements.

Ils en étaient là de leur entretien lorsque don Quichotte aperçut de loin un grand nuage de poussière.

— Sancho, dit-il, enfin le voici, ce jour que la fortune me réservait, ce beau jour où mon courage va m'acquérir une immortelle gloire ! Vois-tu là bas ce tourbillon? C'est une innombrable armée composée de toutes les nations du monde.

— A ce compte-là, répondit Sancho, il doit y en avoir deux, car de cet autre côté voilà le même tourbillon.

Don Quichotte, se retournant, vit que Sancho disait vrai, et ne douta plus que ce ne fussent deux grandes armées qui marchaient l'une contre l'autre. C'étaient deux troupeaux de moutons qui venaient par deux chemins opposés, et qui élevaient autour d'eux une poussière si épaisse, qu'il était impossible de les reconnaître, à moins que d'en être tout près.

Don Quichotte, transporté de joie, répétait avec tant d'assurance que c'étaient deux armées, que Sancho finit par le croire, et lui dit :

— Eh bien! monsieur, qu'avons-nous à faire là?

— Ce que nous avons à faire? reprit le chevalier déjà hors de lui : prendre le parti le plus juste; et je vais, en peu de mots, t'expliquer ce dont il s'agit. Ceux qui viennent ici vis-à-vis de nous suivent les enseignes de l'empereur Alifanfaron. Les autres, qui s'avancent par là, sont les guerriers de son ennemi, le puissant roi Pentapolin.

— Oui, dit Sancho; mais pourquoi ces messieurs s'en veulent-ils?

— Par la raison, reprit don Quichotte, que cet Alifanfaron, qui est un damné de païen, veut épouser la

fille de Pentapolin, qui est jeune, belle et chrétienne.
Tu sens bien que Pentapolin ne veut pas donner sa
fille à un roi mahométan, et qu'il exige qu'Alifanfaron commence par se faire baptiser.

— Par ma barbe! il a raison, Pentapolin, et je l'ai-
derai tant que je pourrai. Tout ce qui m'inquiète, c'est
mon âne. Je ne peux guère aller me fourrer avec lui
parmi tant de cavalerie, et je voudrais le mettre dans
un endroit où je sois sûr de le retrouver quand la chose
sera finie.

— Ne t'en embarrasse point, mon ami; qu'il se
perde ou non, peu importe, nous aurons après la victoire tant de chevaux à choisir, que Rossinante lui-
même court grands risques d'être échangé. Mais je
veux te faire connaître les principaux chevaliers qui
font la force de ces deux armées. Viens les voir avec
moi sur cette colline.

Tous deux gagnèrent alors une petite hauteur d'où
ils auraient fort bien distingué les troupeaux, sans la
poussière qui les leur dérobait. Là, don Quichotte,
voyant ce que lui peignait son imagination, nomma
plus de cent chevaliers de l'une et de l'autre armée,
en donnant à chacun des armes, des couleurs, des
emblèmes différents. Le pauvre Sancho écoutait avec
une grande attention, et tournait, retournait la tête
rapidement de tous côtés, espérant toujours qu'à
la fin il découvrirait quelque chose de tout ce que

lui montrait son maître. Désespéré de ne rien voir :

— Monsieur, lui dit-il, je me donne au diable si de tant de chevaliers, géants, chevaux, peuples, bataillons que nomme Votre Seigneurie, j'en aperçois seulement un seul. Il faut qu'il y ait encore là de l'enchantement.

— Eh quoi! reprit don Quichotte, tu n'entends pas les hennissements des coursiers, le bruit des tambours, le son des trompettes?

— Je n'entends rien du tout, monsieur, si ce n'est quelques bêlements de moutons. (En effet, les deux troupeaux approchaient.)

— La peur te trouble les sens; retire-toi, si tu crains; seul je suffis pour porter la victoire dans le parti que je vais choisir.

A ces mots il pique Rossinante, et, la lance en arrêt, descend la hauteur de toute la vitesse de son coursier. Sancho, qui dans ce moment aperçut les troupeaux, se mit à crier de toutes ses forces :

— Revenez, seigneur don Quichotte; eh! revenez, jarnidieu! ce sont des moutons que vous attaquez. Il n'y a point là de géant, ni de chevalier, ni de diable; revenez donc... Que va-t-il faire? malheureux que je suis!

Notre héros, sans l'écouter, galopait toujours en criant :

— Courage, braves chevaliers qui combattez sous

les étendards du valeureux Pentapolin ! Suivez-moi tous, je vais le venger d'Alifanfaron.

En disant ces paroles il entre au milieu du troupeau de moutons, qu'il commence à percer de part en part avec une fureur extrême. Les bergers accourent en jetant des cris ; mais, voyant que rien ne l'arrêtait, ils chargent leurs frondes, et les font siffler autour de sa tête. Notre héros n'y prenait pas garde, et continuait le carnage en disant toujours :

— Où es-tu, Alifanfaron ? ose paraître devant moi ; un seul chevalier te défie.

A l'instant même une pierre, un peu plus grosse que le poing, l'atteignit au milieu des côtes. La douleur du coup le fit tomber de cheval. Les bergers craignirent de l'avoir tué ; ils se pressent de ramasser leurs morts, qui montaient à six ou sept moutons, et poursuivent leur route le plus vite qu'ils peuvent.

Sancho, toujours sur la hauteur, regardait les œuvres de son maître, et s'arrachait la barbe de dépit d'avoir pu suivre un fou pareil. Quand il le vit par terre, et les bergers loin, il descendit, vint le relever en lui disant :

— Ne vous avais-je pas averti, monsieur, que ces deux armées étaient des moutons ?

— Est-ce ma faute, répond don Quichotte, si le maudit enchanteur qui me persécute a changé tous

ses soldats en moutons pour me dérober la gloire de
les vaincre? Fais-moi un plaisir, mon ami Sancho,
monte sur ton âne, et suis-les ; tu verras que, à quelques pas d'ici, ils vont tous reprendre leur première
forme.

— Il est plus pressé, répliqua Sancho, de songer à
vous panser, car votre bouche est pleine de sang.

En prononçant ces mots il cherchait le bissac, et,
lorsqu'il s'aperçut qu'il l'avait oublié la veille à l'hôtellerie, le malheureux écuyer fut sur le point de perdre l'esprit. Il maudit de nouveau son maître, sa sottise
de l'avoir suivi, et résolut décidément de retourner à
son village, et de renoncer à cette île qu'on lui faisait
acheter si cher. Don Quichotte vint le consoler:

— Ami, dit-il, de la constance! Tant d'infortunes
nous annoncent que l'instant du bonheur est proche.
Le mal a son terme comme le bien. Tout ce qui est extrême ne peut durer. Nous voilà sans bissac, sans
pain, sans ressources; eh bien! fions-nous à la Provi-
dence. Elle prend soin du moucheron qui vole dans
l'air, du ver qui rampe sur la terre, de la grenouille à
peine née, qui va se cacher sous les eaux. Pourquoi
nous, dont le cœur est pur, serions-nous seuls aban-
donnés par le souverain du monde, qui fait luire le
soleil sur les bons, sur les méchants, et qui répand la
rosée sur le juste comme sur l'injuste?

— Par ma foi! dit Sancho tout ému, vous feriez en-

core mieux le métier de prédicateur que celui de chevalier errant. Vous savez tout, en vérité !

— Mon ami, dans ma profession il est nécessaire de
tout savoir. L'on a vu plus d'un chevalier prononcer
au milieu d'un camp des harangues aussi belles, aussi
savantes, aussi fleuries que celles qu'on entend dans
les universités. La valeur n'éteint pas l'esprit ; l'esprit
n'éteint pas la valeur. Mais, crois-moi, monte sur ton
âne, et tâchons de gagner quelque asile où nous puis-
sions passer la nuit.

Il tombe la lance en arrêt sur l'aile du moulin.

CHAPITRE VIII

CONQUÊTE DE L'ARMET DE MAMBRIN

Ils n'avaient pas fait beaucoup de chemin lorsqu'ils aperçurent de loin un homme à cheval qui portait sur la tête quelque chose d'aussi brillant que de l'or.

— Sancho, s'écria don Quichotte plein de joie, ne vois-tu pas venir à nous ce chevalier monté sur un cheval gris-pommelé, portant sur sa tête un casque d'or?

— Je vois bien un homme monté sur un âne gris comme le mien, qui a sur la tête je ne sais quoi qui reluit.

— Ce je ne sais quoi est l'armet de Mambrin que j'ai juré de conquérir. Allons, et laisse-moi seul.

5

Tu vas voir comment, sans perdre le temps en paroles, je vais terminer cette aventure et m'emparer
de l'armet.

Je dois mettre au fait mes lecteurs de ce que c'était
que ce guerrier, ce cheval et cet armet. Il y avait dans
ces environs un village et un hameau si petits et si voisins l'un de l'autre, que le même barbier servait pour
les deux. Or, ce jour-là, un malade du hameau avait
besoin d'une saignée, et un autre habitant de se faire
la barbe. Le barbier se rendait chez eux avec ses lan-
cettes et son bassin de cuivre jaune. Surpris par la
pluie, craignant de gâter son chapeau, qui sans doute
était tout neuf, il avait mis sur sa tête ce bassin de
cuivre, qu'on voyait luire d'un quart de lieue. Il était
monté sur un âne gris, comme l'avait dit Sancho, et
don Quichotte, dans tout cela, voyait un chevalier
monté sur un beau cheval gris-pommelé, et portant
sur sa tête un casque d'or.

Quand le pauvre barbier fut près, notre héros, sans
explication, courut à lui la lance en arrêt. Le barbier,
qui vit arriver ce fantôme, se jette promptement à bas
de son âne, et, plus léger qu'un chevreuil, commence
à fuir dans la campagne en laissant par terre le bassin
de cuivre.

— Sancho, dit don Quichotte, ramasse ce précieux
armet.

— Par ma foi! dit l'écuyer en prenant le plat à

barbe, ce bassin-là est encore neuf, et vaut au moins huit réaux.

Il le remet à son maître, qui, l'essayant sur son front, et le tournant, le retournant, pour l'y faire tenir, disait avec étonnement :

— Le païen pour qui l'on forgea ce casque devait avoir une furieuse tête ! encore vois-je avec douleur qu'il y manque tout le morion.

Sancho faisait tous ses efforts pour ne pas rire.

— Qu'as-tu donc? lui dit don Quichotte.

— Rien, monsieur, répondit-il ; je songe à la grosse tête du premier possesseur de cet armet, qui ressemble singulièrement à un plat à barbe.

— Il est vraisemblable, Sancho, que ce casque enchanté sera tombé par hasard dans les mains de quelque ignorant, qui, sans connaître son mérite, en aura fondu la moitié ; de l'autre il aurait fait ce que tu vois, qui, à la vérité, a un peu l'air d'un plat à barbe. Mais que m'importe? je sais ce qu'il vaut; je le ferai remettre en état, et j'aurai un casque beaucoup meilleur que celui que le dieu Vulcain forgea pour le dieu des batailles; en attendant, je vais le porter tel qu'il est.

Nos voyageurs continuèrent leur route en laissant aller à son gré Rossinante, que l'âne suivait avec une fidèle amitié. Alors Sancho dit à son maître :

— Je vous demande, monsieur, la permission de causer un peu avec vous.

— Parle, Sancho, répondit don Quichotte.

— Depuis quelques jours, monsieur, je réfléchis que vous avez beau vaincre et faire de belles actions dans ces déserts, personne ne les voit, personne n'en sait rien, et votre valeur n'obtiendra point ainsi la renommée dont elle est digne. Mon avis serait que nous nous missions au service de quelque empereur ou de quelque prince qui fût en guerre avec son voisin, parce qu'alors votre courage, votre force surnaturelle, votre sagesse incomparable, seraient en vue, et nous attireraient des récompenses. Alors vous ne manqueriez pas d'historiens qui mettraient par écrit vos exploits.

— Ce que tu dis là, Sancho, ne manque pas de raison; mais, avant d'arriver à ce point, il est nécessaire d'avoir un peu couru le monde en cherchant les aventures, afin d'avoir acquis de la gloire. Une fois que l'on est connu, voici comme les choses se passent ordinairement : Un chevalier arrive à la cour d'un puissant monarque; tout le monde, jusqu'aux petits enfants, courent le recevoir aux portes de la capitale; on l'entoure, on l'accompagne en criant : C'est le chevalier du Soleil, ou du Serpent, ou de quelque autre emblème qu'il a su rendre célèbre; c'est celui, dit-on, qui vainquit en combat singulier le géant Brocabrun du bras d'acier, celui qui désenchanta le grand Mamelu de Perse, retenu captif par un magicien depuis près de

neuf cents ans. Ses louanges, ses grandes actions vo-
lent de bouche en bouche jusqu'aux oreilles du roi,
qui se met aux fenêtres de son palais. Le roi, qui connaît déjà de réputation ce chevalier, le voit à peine paraître, qu'il se retourne vers sa suite et dit : Allons,
que tous les chevaliers de ma cour aillent recevoir la
fleur de la chevalerie. On obéit, et le roi lui-même
vient au-devant du chevalier jusqu'au milieu du grand
escalier ; il lui tend la main, l'embrasse, et le mène
aussitôt à l'appartement de la reine. Là se trouve l'infante sa fille, qui est une des plus belles princesses de
la terre. On conduit le chevalier dans un appartement
superbe; on le désarme, et on couvre ses épaules d'un
riche manteau d'écarlate. S'il était déjà beau sous le
fer, combien le paraît-il davantage sous la pourpre ! Il
va souper avec le roi, avec la reine et l'infante. Ce
qu'il y a de bon, c'est que le roi se trouve justement
en guerre avec un autre puissant monarque, et qu'au
bout de quelques jours le chevalier lui demande la
permission d'aller servir dans ses armées. Le roi y
consent avec joie. Le chevalier est déjà bien loin. Il
fait la guerre, combat, triomphe, gagne plusieurs batailles, prend une foule de villes ; tout cela est l'affaire
de peu de temps. Il revient à la cour, demande la
main de l'infante en récompense de ses services. Le roi
la refuse, parce qu'il ne connaît pas la naissance du
chevalier; mais l'infante finit par être sa femme, et

le père en est ravi, d'autant plus qu'on découvre bientôt
que le chevalier est fils d'un très-puissant roi de je ne
quel royaume, qui souvent même n'est pas sur la
carte. Alors nécessairement le père meurt, l'infante
hérite, et voilà le chevalier roi. Voilà le moment
de récompenser son écuyer : on lui donne une île,
et on le marie avec la demoiselle d'honneur de l'infante.

— Voilà le plus beau, pardi ! s'écria Sancho, et
c'est tout ce que je demande. Par ma foi, monsieur, je
suis convaincu que tout cela doit vous arriver.

— N'en doute point, mon ami ; car tout ce que je
viens de raconter est toujours arrivé exactement de
même à tous les chevaliers errants. Il ne reste plus
qu'à nous informer quel est le roi païen ou chrétien
qui est en guerre et qui a une jolie princesse. Nous
avons du temps pour cela. Ce qui m'inquiète davantage, c'est que, lorsque nous en serons là, j'aurai de la
peine à prouver que je suis de famille royale. Il est
vrai que j'aurai la ressource d'enlever l'infante, et le
temps ou la mort apaisera la colère du roi mon beau-
père.

— Vous avez raison, monsieur, et je suis d'avis que
vous commenciez par l'enlèvement. Quant à moi, soyez
persuadé que le manteau ducal m'ira fort bien : j'ai
déjà été bedeau d'une confrérie, et j'avais si bonne
mine avec ma robe, que tout le monde disait qu'il fal-

lait me faire marguillier. Vous jugez qu'une robe d'or et de perles ne gâtera rien à l'air de mon visage.

— Sans doute; mais je t'exhorte alors à te faire plus souvent la barbe.

— J'aurai un barbier pour cela, qui ne me quittera point.

CHAPITRE IX

COMMENT DON QUICHOTTE MIT EN LIBERTÉ PLUSIEURS INFORTUNÉS

Ils en étaient là, lorsqu'ils aperçurent, au détour de la route, une douzaine d'hommes à pied, attachés ensemble par une longue chaîne de fer, et tous ayant des menottes. Ils étaient conduits par deux cavaliers armés d'escopettes et deux fantassins armés de lances.

— Voici, dit Sancho, la chaîne des forçats que l'on mène ramer aux galères du roi.

— Comment, des forçats! s'écria don Quichotte; est-il possible que le roi force ses sujets à ramer?

— Je vous dis, reprit l'écuyer, que ces gens-là sont

condamnés pour leurs délits à servir sur les galères.

— Ils n'y vont donc pas de bon gré?

— Non, assurément.

— Cela me suffit; je n'oublie point ce que ma profession m'ordonne.

Don Quichotte s'avance alors, et demande, avec beaucoup de politesse, à ceux qui conduisaient la chaîne, de vouloir bien lui dire pourquoi l'on menait ainsi ces malheureux. Un des cavaliers lui répond :

— Nous avons bien avec nous la sentence de chacun de ces misérables; mais, si Votre Seigneurie veut s'informer à eux-mêmes de ce qu'elle désire savoir, ils ne demanderont pas mieux que de vous en instruire.

Avec cette permission, notre héros s'approcha des galériens et les interrogea tous les uns après les autres; et, comme il ne s'en trouva pas un seul qui s'avouât coupable, don Quichotte en conclut que c'était injustement qu'on les retenait ainsi, et se mit en devoir de les délivrer.

— Or, mes frères, continua-t-il, puisque vous m'assurez que c'est contre votre volonté que l'on vous conduit aux galères, je pense que je ne puis m'empêcher d'exercer à votre égard le premier des devoirs de la chevalerie, celui de secourir les opprimés

Disant cela, il s'avança du côté des gardiens et les pria avec civilité de vouloir bien ôter leurs fers à ces malheureux et les laisser aller en paix.

— La plaisanterie n'est pas mauvaise, répondit l'un des gardes en riant. De bonne foi, vous voulez que nous mettions en liberté la chaîne des galériens? Allez, monsieur, continuez votre route; redressez le plat à barbe que vous avez sur la tête sans venir mettre votre nez où vous n'avez que faire.

— Maraud! répondit don Quichotte; et aussitôt, d'un coup de lance, il le jette par terre lui et son escopette.

Les autres gardes, surpris, se hâtent d'attaquer notre héros; mais les galériens, profitant de l'occasion, brisent leurs chaînes et mettent bientôt en fuite la force armée, à travers une grêle de pierres.

La victoire était complète; don Quichotte rassemble tous les galériens en cercle, et les regardant avec gravité :

— Messieurs, dit-il, montrez que vous n'êtes pas des ingrats; reprenez les chaînes que je vous ai ôtées, et, dans cet état, je vous demande de vouloir bien vous en aller à la ville du Toboso, vous présenter devant madame Dulcinée; vous lui direz que l'esclave de sa beauté, le chevalier de la Triste-Figure (c'était un nom qu'il avait adopté) se recommande à son souvenir. Vous lui conterez comment j'ai brisé vos fers, et vous serez libres ensuite d'aller où bon vous semblera.

A ces mots, les forçats, qui n'avaient pas trop bonne opinion de la sagesse de don Quichotte, s'écartèrent les uns des autres et firent pleuvoir tant de pierres sur leur libérateur, que le malheureux chevalier fut atteint et renversé. Dans l'instant les galériens fondent sur lui, le jettent contre la terre et dépouillent notre héros d'une casaque qu'il portait sur ses armes; ils déchargèrent aussi Sancho de son manteau. Après s'être partagé le butin, les galériens s'échappèrent par diverses routes, plus occupés de fuir la justice que d'aller trouver madame Dulcinée. Don Quichotte et Rossinante restèrent couchés l'un auprès de l'autre, tandis que Sancho, ramassé en boule, tremblait de toutes ses forces entre les jambes de son âne, qui baissait tristement la tête et secouait les oreilles, croyant toujours entendre siffler les pierres.

Don Quichotte, se voyant ainsi payé de ses bienfaits, s'écria :

— Sancho, l'on a raison de dire que jamais on ne gagne rien à obliger des méchants. J'aurais dû suivre ton conseil : à l'avenir je serai plus sage.

— Vous, monsieur, lui répondit l'écuyer, vous serez plus sage quand je serai Turc. Mais, puisque vous regrettez de n'avoir pas écouté mes avis, écoutez-les donc à présent. Décampons vite, croyez-moi, car, si la justice nous prend, nous serons pendus tous les deux pour avoir fait évader cette file de coquins que vous appeliez vos frères.

— Mon pauvre Sancho, tu es naturellement poltron; mais, pour que tu ne me reproches point d'être opiniâtre, je veux bien faire ce que tu désires, pourvu qu'il ne t'arrive jamais de dire que je me suis éloigné par le moindre sentiment de peur. Si tu le dis, Sancho, tu as menti, tu mens, tu mentiras.

— Eh bien! donc, monsieur, je crois que vous ferez fort bien de remonter sur Rossinante et de me suivre le mieux que vous pourrez.

Don Quichotte obéit sans répliquer. Sancho, qui marchait devant sur son âne, prit une route peu fréquentée qui les conduisit dans une vaste et sombre forêt où nos voyageurs ne s'arrêtèrent que la nuit. Arrivés auprès d'un rocher, ils s'endormirent sous de grands liéges, don Quichotte appuyé sur ses armes, et Sancho couché sur le bât de son âne. Mais le destin, qui les poursuivait, amena justement dans le même lieu un des voleurs délivrés des galères par don Quichotte, et qui avait aussi ses raisons pour craindre la justice. Ce forçat trouva nos héros ensevelis dans un profond sommeil; et, comme la reconnaissance n'était pas la vertu qu'il pratiquait le plus, il ne se fit aucun scrupule de voler l'âne de Sancho, qui lui parut beaucoup meilleur que Rossinante. Le drôle coupa quatre

pieux égaux sur lesquels il éleva doucement le bât qui
servait de lit à Sancho. Quand il l'eut ainsi suspendu
en l'air, il tira l'âne par dessous. L'aurore brillait à
peine que l'écuyer, se réveillant, étendit les bras, et,
perdant l'équilibre, se laissa choir en cherchant des
yeux et des mains son fidèle et bon camarade; et, s'a-
percevant qu'il n'avait plus son âne, il se mit à jeter
des cris entremêlés de sanglots.

— O mon fidèle ami, disait-il, ô le bien-aimé de
mon cœur! toi qui naquis dans ma maison, toi l'a-
gréable jouet de mes enfants, les délices de ma femme,
l'envie de mes voisins, le soulagement de mes travaux! O mon âne! mon âne chéri! sans toi la vie ne
m'est plus rien; je t'ai perdu, je vais mourir!

Don Quichotte, éveillé par ces plaintes, consola Sancho de son mieux, lui fit un beau discours moral sur les
accidents de la vie; mais il ne put essuyer ses larmes
qu'en lui promettant de lui donner trois ânons, de
cinq qu'il avait chez lui.

Don Quichotte se laissa faire, et allongea son
maigre cou.

— Ami, dit-il, je ne m'enfonce dans ces déserts que pour exécuter un projet sublime. Approche, tu vas tout savoir. Tu n'ignores pas, mon ami, que le fameux Amadis de Gaule fut peut-être le plus parfait de tous les chevaliers. Une de ses plus belles actions, celle qui prouva le mieux son courage et sa constance, ce fut, quand il eut le malheur de déplaire à la belle Oriane, de se retirer sur la roche Pauvre, où il vécut longtemps dans la pénitence, sous le nom significatif du *beau Ténébreux*. Il m'est plus facile d'imiter cette pénitence du grand Amadis que de fendre comme lui des géants, de mettre en fuite des armées : aussi vais-je profiter pour cela de l'heureuse occasion qui m'amène dans un désert aussi commode que celui-ci.

— Je ne vous comprends pas bien, reprit Sancho, est-ce que vous avez, en quoi que ce soit, pu déplaire à madame Dulcinée?

— Non; et voilà justement en quoi j'aurai bien plus de mérite. Qu'un chevalier devienne fou par un motif raisonnable, on ne peut guère lui en savoir gré : mais qu'à propos de rien, la tête lui tourne tout d'un coup, tu sens, mon ami, combien c'est glorieux et agréable pour sa dame, qui juge par là de ce qu'il saurait faire dans une véritable occasion : d'ailleurs, la seule absence de Dulcinée est un suffisant prétexte. C'en est fait, Sancho, je suis fou, et je le serai jusqu'à la réponse d'une lettre que tu vas porter de ma part à Dulcinée. Si cette réponse est telle que mon dévoue ment la mérite, je reprendrai ma raison pour mieux sentir ma félicité; si la cruelle me dédaigne, je garderai mon délire pour diminuer ma douleur. Tu vois que dans tous les cas l'affaire est excellente, et que je ne peux qu'y gagner.

En parlant ainsi, don Quichotte se trouvait au pied d'une haute montagne, qui s'élevait dans une prairie arrosée par un ruisseau. La beauté de ce lieu engagea notre chevalier à le choisir pour y faire sa pénitence.

— Le voici, s'écria-t-il en promenant des yeux attendris sur tous les objets qu'il apercevait, le voici, l'asile solitaire où je veux soupirer mes regrets. O Dulcinée du Toboso! jour de mes nuits, aimant de mon cœur, étoile brillante de mes longs voyages, regarde l'état affreux où ton absence me réduit! Et toi, mon fidèle écuyer, toi, le compagnon de ma gloire, n'oublie rien de ce que tu vas me voir faire, afin de le raconter à celle qui cause mes maux. Je désire que tu ne te mettes en route que dans trois jours, afin que tu puisses voir et raconter à Dulcinée toutes les folies que je sais faire quand je m'y mets.

— Oh! monsieur, j'en ai assez vu.

— Tu n'y es pas, mon pauvre ami. Je vais d'abord déchirer mes vêtements, jeter çà et là mes armes, me précipiter la tête première sur les rochers. Je n'ai point ici de papier, mais je vais écrire ma lettre sur mes tablettes; tu la feras transcrire au premier village par le maître d'école ou le sacristain. Peu importe qu'elle soit d'une autre main que la mienne; d'abord Dulcinée ne sait pas lire, ensuite je puis te répondre qu'elle ne connaît point mon écriture. Depuis douze ans, qu'elle m'est plus chère que la lumière des cieux, je ne l'ai pas vue quatre fois, et j'ose assurer qu'elle ne s'est pas aperçue une seule que je l'aie regardée, tant est sévère la retenue dans laquelle l'ont élevée Laurent Corchuelo, son père, et sa mère Aldonza Nogalès!

— Comment! que dites-vous donc, monsieur? Quoi! madame Dulcinée est Aldonza Lorenzo, la fille de Laurent Corchuelo?

— Oui, sans doute.

— Oh! je la connais parfaitement! Vive Dieu! c'est une gaillarde qui pourrait faire le coup de poing avec tous les chevaliers errants de la terre. Mais que j'étais donc imbécile! j'imaginais que cette madame Dulcinée était une grande princesse qui méritait de voir à ses pieds le Biscayen et tous les autres que vous avez vaincus. Pardi! monsieur, s'ils y ont été, ils ont dû trouver Aldonza Lorenzo teillant du chanvre ou battant du blé; cela doit leur avoir paru drôle, et je crois qu'elle en a bien ri.

6.

— Sancho, reprit don Quichotte d'une voix calme, mais sévère, quand on se mêle, comme vous, de faire le raisonneur, on devrait savoir que deux choses seules méritent notre estime : la sagesse et la beauté. Dulcinée les possède au plus haut degré. Qu'importent sa naissance et son rang? je la respecte, je la chéris autant que si elle était la première princesse du monde.

— Vous avez raison, monsieur; et je conviens du fond de mon cœur que, près de vous, je ne suis qu'un âne. Hélas! mon Dieu! en prononçant ce nom, je ne puis m'empêcher de soupirer, et de songer que j'ai perdu mon fidèle compagnon, que votre bonté daigna me promettre de remplacer par trois autres.

Don Quichotte, sans lui répondre, s'éloigna de quelques pas, tira ses tablettes et écrivit ce qui suit :

« Haute et souveraine dame,

« Celui qui languit loin de vous, celui dont le cœur, profondément blessé, souffre et chérit ses souffrances, vous souhaite, douce Dulcinée, le repos qu'il a perdu. Si votre beauté me dédaigne, si votre fierté me rebute, je succomberai, malgré ma constance, sous le poids de mes douleurs. Mon fidèle écuyer Sancho vous rendra compte, ennemie adorée, de l'affreux état où je suis réduit. Mes tristes jours sont à vous, un mot peut les conserver, un mot aussi peut les finir. Commandez, il me sera doux de satisfaire votre cruauté.

« Le vôtre jusqu'à la mort,

« CHEVALIER DE LA TRISTE-FIGURE. »

— Par la vie de mon père ! s'écria Sancho, je n'ai jamais rien entendu de pareil. Vous êtes un diable pour l'esprit. Ah çà ! n'oubliez pas à présent d'écrire sur une autre feuille la lettre de change des trois ânons, et signez-la d'une manière moins gentille, mais plus claire.

Don Quichotte satisfit Sancho, qui, ayant demandé la bénédiction de son maître, monta sur Rossinante et se mit aussitôt en route.

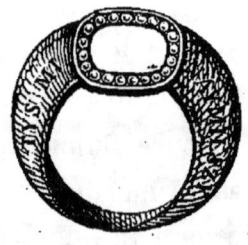

CHAPITRE XI

Le chevalier de la Triste-Figure, demeuré seul, monta sur le haut d'une roche. Là il réfléchit mûrement sur un point qui l'embarrassait.

« Examinons bien, disait-il en lui-même, si je dois prendre le parti de me déclarer fou furieux comme Roland, ou fou triste comme Amadis. Ces deux modèles sont également beaux à suivre. Amadis, qui valait au moins Roland, se retira sur la roche Pauvre pour y pleurer pendant plusieurs années, uniquement parce que Oriane l'avait banni de sa présence. Vive, vive le grand Amadis! Revenez dans ma mémoire, actions sublimes et touchantes de ce phénix des chevaliers ; c'est lui que don Quichotte imitera. »

Votre Seigneurie doit fort bien dîner avec quelques
pruneaux.

Il descendit alors du rocher, et, se rappelant que la prière occupait souvent Amadis, il se fit, avec des glands enfilés, une espèce de rosaire qu'il disait avec dévotion. Le reste du temps il se promenait dans le pré, s'entretenait avec ses pensées, faisait des vers qu'il écrivait sur des hêtres ou sur le sable du ruisseau. La plupart de ces vers ont été perdus.

Tandis qu'il célébrait ainsi sa dame, et qu'il se nourrissait d'herbes sauvages, Sancho poursuivait son chemin. Comme il arrivait pour dîner à une hôtellerie, il en sortit deux hommes, dont l'un dit à l'autre:

— Seigneur, n'est-ce point là Sancho Pança, celui que la gouvernante nous a dit avoir suivi notre aventurier?

— C'est lui-même répond son compagnon, et je reconnais le cheval de don Quichotte.

Aussitôt le curé et le barbier, car c'étaient eux, s'approchèrent de notre voyageur.

— Ami Sancho, dit le curé, qu'avez-vous fait de votre maître?

— Monsieur, répondit l'écuyer, mon maître, au fond de ces montagnes, accomplit une pénitence, et moi comme son ambassadeur, je vais porter une lettre de lui à madame Dulcinée du Toboso, fille de Laurent Corchuelo, laquelle il a pris pour dame de ses pensées.

Maître Nicolas et le curé, surpris de cette nouvelle

folie, demandèrent à voir cette lettre. Sancho descendit alors de cheval, et mit sa main dans son sein pour en retirer les tablettes. Inquiet, troublé, pâle de frayeur, Sancho tourne, retourne ses poches, se tâte par tout le corps, et, prenant ensuite sa barbe à deux mains, s'en arrache la moitié, se donne cinq ou six soufflets, et s'égratigne le visage.

— Ah! malheureux que je suis! s'écrie-t-il, je viens de perdre en un moment trois superbes ânons, dont chacun valait une métairie.

— Comment! répliqua le barbier, ces ânons étaient dans vos poches?

— Sans doute, puisqu'ils étaient dans une lettre de change signée de mon maître, portant l'ordre à sa nièce de me donner trois ânons de quatre ou cinq qu'il a chez lui; cette lettre de change, avec l'épître pour madame Dulcinée, était dans les tablettes que j'ai perdues.

Le curé consola Sancho, et lui promit qu'en retrouvant don Quichotte il lui ferait renouveler la lettre de change. Le bon écuyer, un peu rassuré, dit alors qu'il regrettait peu l'épître à madame Dulcinée, parce qu'il la savait presque par cœur. Le barbier le pria de la répéter, afin qu'ils pussent la mettre au net. Alors Sancho, se grattant la tête, se mit sur un pied, puis sur l'autre, regarda la terre, le ciel, se mangea la moitié d'un ongle, et finit par dire:

— Le diable s'en mêle; car je ne peux me rappeler que du commencement de la lettre, où il y avait *haute et souterraine dame.*

— Vous voulez dire *souveraine*, reprit le barbier.

— Oui, c'était *souveraine*, je m'en souviens. Ensuite il disait : *Celui dont le cœur est blessé vous souhaite, ennemie adorée, l'affreux état où il est réduit.* Il y avait après cela *des tristes jours*, et puis *un seul mot*, et, après *le seul mot*, cela finissait par *vôtre, jusqu'à la mort, chevalier de la Triste-Figure.* Voilà toute la lettre à peu près.

Le barbier et le curé félicitèrent Sancho sur son heureuse mémoire, et lui firent répéter deux ou trois fois cette lettre, afin de la copier. Sancho la répéta de deux ou trois façons différentes. Il ajouta qu'aussitôt après son ambassade à madame Dulcinée, son maître était décidé à s'aller faire empereur quelque part; que, quant à lui, son parti était pris, dès qu'il serait veuf, ce qui ne pouvait manquer d'être prochain, d'épouser une demoiselle de l'impératrice, qui lui apporterait en dot un bon duché en terre ferme, parce qu'il était revenu des îles, et qu'il ne s'en souciait plus. Sancho disait tout cela d'un si beau sang-froid, d'un ton si tranquille, que le curé et le barbier jugèrent fort inutile d'essayer de lui parler raison, et le regardèrent au moins comme aussi fou que son maître.

Le curé, pendant ce temps, imaginait un moyen

qui devait réussir auprès de don Quichotte pour le conduire où l'on voudrait : c'était d'habiller une jeune
fille en demoiselle errante, de déguiser maître Nicolas en écuyer, et de les envoyer ainsi se jeter aux pieds
de notre héros en lui demandant un don. Après que
ce don serait accordé, la demoiselle affligée devait le
prier de venir avec elle pour la venger d'un chevalier
félon. De cette manière, on était certain de mener don
Quichotte jusqu'à son village, où l'on essayerait de
guérir son inconcevable folie.

CHAPITRE XII

ENCHANTEMENT DE NOTRE HÉROS

Ainsi que le curé et le barbier l'avaient imaginé, une jeune dame, se disant reine d'une grande contrée d'Afrique, vint, guidée par Sancho, trouver don Quichotte dans sa solitude, et, se jetant à ses pieds, le supplia de vouloir bien la venger d'un traître qui l'avait chassée de ses États. Notre crédule insensé le lui promit, tout fier de ce qu'une si belle aventure eût été réservée à sa valeur. Avant de partir pour cette prétendue expédition, il voulut savoir de Sancho le résultat de son ambassade auprès de Dulcinée.

— Que faisait, dit-il, cette reine de beauté lorsque tu t'offris devant elle? Sans doute, elle disposait des rangs de perles ou brodait en pierreries une écharpe pour son chevalier ?

Sancho, comme on l'a vu, n'avait point achevé son voyage ; mais sa fertile imagination suppléa à la vérité, il répondit :

— Non, monsieur : elle était dans la basse-cour, criblant deux minots de seigle.

— J'entends, les grains de ce seigle se transformaient en topazes, en passant par ses belles mains. Quand tu lui remis ma lettre, la baisa-t-elle sur-le-champ, la mit-elle sur son cœur ?

— Non monsieur, quand je la lui présentai, elle était fort occupée de son seigle ; elle me dit : « Mon ami, pose cette lettre sur ce sac ; il faut que j'achève mon tas avant de la lire.

— Ah ! c'était pour la lire seule. Elle te fit sûrement beaucoup de questions sur moi, sur mes exploits, sur mes périls, sur l'affreuse vie à laquelle je m'étais condamné pour elle ?

— Non, monsieur : elle ne me demanda rien ; mais j'eus grand soin de lui dire que vous faisiez pour son service la plus dure des pénitences ; je vous avais laissé au milieu des rochers, dormant sur la pierre, ne mangeant que de l'herbe, ne vous peignant point la barbe, pleurant et maudissant votre fortune.

— Il ne fallait point lui dire que je maudissais ma fortune ; je la bénis, au contraire, puisque j'ai le bonheur de souffrir pour une aussi grande dame que Dulcinée.

— Il est vrai, ma foi, qu'elle n'est pas petite, et qu'elle a au moins un demi-pied de plus que moi.

Ici don Quichotte soupira tendrement.

— Ah! sans doute, reprit-il, sa taille est riche, noble, svelte, et sa grâce l'emporte sur tout. Qu'a-t-elle dit, après avoir lu ma lettre?

— Elle ne l'a pas lue, monsieur; elle m'a donné pour raison qu'elle ne savait ni lire ni écrire; mais elle l'a déchirée en petits morceaux, afin que personne dans le village ne vînt à savoir ses secrets. Ensuite elle m'a chargé de dire à Votre Seigneurie qu'elle était satisfaite de votre pénitence, qu'elle vous présentait ses respects, et qu'elle vous ordonnait, si vous n'aviez rien de mieux à faire, de revenir au Tobso, parce qu'elle avait un grand désir de vous voir. Elle a bien ri quand elle a su que vous vous appeliez le *chevalier de la Triste-Figure.*

— Quel bijou t'a-t-elle donné à ton départ? car tu sais que l'usage des chevaliers et de leurs dames fut toujours de donner aux écuyers qui viennent leur porter des lettres quelque riche bague ou quelque diamant.

— Ma foi, c'est un très-bon usage; mais apparemment il passe de mode, car le seul bijou que j'aie reçu de madame Dulcinée a été un morceau de fromage avec un peu de pain bis.

— Oh! personne ne l'égale en générosité; je suis bien sûr que tôt ou tard tu recevras d'elle un riche présent. Mais, continua don Quichotte, donne-moi conseil, mon ami : tu vois que madame Dulcinée m'ordonne de retourner près d'elle ; mon cœur brûle de lui obéir. D'un autre côté, j'ai fait serment à la princesse d'aller la rétablir sur son trône ; les lois de la chevalerie m'ordonnent de tenir mon serment. Je suis vraiment embarrassé ; mon âme se trouve partagée entre ces deux devoirs.

— Ah! monsieur, nous y revoilà : comment est-il possible que vous hésitiez entre madame Dulcinée et un royaume superbe qui vous tombe dans la main? Pour l'amour de Dieu, monsieur, ne perdez pas cette occasion, mariez-vous vite avec la princesse.

— Je vois bien pourquoi tu désires si vivement ce mariage ; mais tu peux te tranquilliser, parce que je compte mettre dans mes conditions que, sans épouser la princesse, on me donnera une portion du royaume dont je veux te faire présent.

— A la bonne heure!

— Allons, mon ami, je suis décidé ; je vais combattre pour la princesse et je remets mon retour auprès de celle que j'adore après cette glorieuse expédition.

Comme ils en étaient là, ils virent venir un homme monté sur un âne. Sancho qui, depuis la perte de son âne, n'en voyait aucun que son cœur ne palpitât, n'eut pas plutôt vu cet homme qu'il le reconnût pour un des galériens délivrés par son maître. Il reconnut aussi bien la monture que le cavalier, et s'écria :

— Ah ! larron ! Rends-moi mon bien, rends-moi mon âne, lâche ta prise, brigand !

Dès la première parole, le forçat, sautant par terre, s'enfuit à travers champs. Sancho, s'approchant alors de son âne et l'embrassant :

— Eh bien ! lui dit-il, te voilà donc, grison de mon cœur ! Comment t'es-tu porté, mon enfant ?

A tout cela l'âne ne savait que dire et se laissait caresser sans répondre une seule parole. Toute la compagnie arrivant là-dessus, partagea la joie de Sancho, et le loua de son bon naturel.

La nuit qui suivit cette journée, tandis que don Quichotte, endormi, rêvait à la conquête du royaume d'Afrique, ses amis l'enfermèrent dans une vaste cage de bois placée sur une charrette traînée par des bœufs. Au point du jour le cortége prit la route du village. Lorsque le pauvre chevalier se vit ramené à sa demeure dans ce burlesque équipage, il ne sut l'attribuer qu'à la malice de quelque enchanteur jaloux des succès qu'il devait obtenir dans son entreprise. Intérieurement résigné sans doute à l'inaction où il se croyait condamné par un pouvoir magique, il ne parut plus, pendant quelque temps, songer à son extravagante manie ; sa servante et sa nièce commençaient

7

même à se flatter de son retour à la raison; mais Sancho, ne pouvant se résoudre à renoncer au gouvernement qui lui était promis, vint secrètement réveiller l'ardeur de son maître, si bien que tous deux s'évadèrent de nouveau.

CHAPITRE XIII

DON QUICHOTTE VA VOIR DULCINÉE

— Ami, dit alors don Quichotte à son fidèle écuyer,
j'ai résolu de m'arrêter au Toboso pour voir la belle
Dulcinée, lui demander sa bénédiction et reprendre à
ses genoux une force et une valeur nouvelles. Hâte-
toi donc de me conduire dans son palais.

Sancho, plus embarrassé qu'il n'osait le dire, parce
que de sa vie il n'avait été dans la maison de cette illustre dame, ne savait trop quel chemin prendre. En
ce moment il vit venir à lui trois paysannes sur des
ânes.

— Réjouissez-vous, dit-il, mon cher maître, voici

que madame Dulcinée vient elle-même vous voir, accompagnée de deux demoiselles d'honneur.

— Dieu tout-puissant! que me dis-tu? Prends garde d'abuser mon cœur par une fausse espérance; il ne pourrait soutenir l'affreux chagrin d'être détrompé.

— Vous allez le voir de vos yeux. Ah! qu'elle est belle, monsieur! et que son habit est riche! Elle et ses deux demoiselles reluisent d'or, de rubis, de diamants, de chaînes de perles.

Don Quichotte, regardant le chemin, se retourne vers Sancho :

— Ami, dit-il d'un air inquiet, je ne vois encore que trois paysannes sur leurs ânes.

— Ah! pour le coup, en voici bien d'une autre! Je n'ai rien à dire, vous êtes malade.

— Mais sérieusement je le crains; car je te jure sur ma foi que j'ai beau les considérer, je les vois comme je l'ai dit.

— Eh bien! croyez-moi; gardez-en le secret, je ne vous trahirai pas, et venez toujours faire la révérence à la princesse.

A ces mots il met pied à terre, s'avance vers celle des paysannes qui était au milieu des deux autres, arrête son âne par le licou, tombe à deux genoux, et lui dit :

— O reine, duchesse de beauté, je supplie Votre Grandeur de vouloir bien recevoir dans sa grâce le

chevalier de la Triste-Figure, que vous voyez là tout
pétrifié par votre magnifique présence.

Don Quichotte, à son exemple, s'était aussi mis à
genoux, et contemplait attentivement celle que Sancho appelait reine. De temps en temps il frottait
ses yeux, tout surpris de ne voir jamais qu'une
grosse villageoise, courte, trapue et camarde; il n'o-
sait pas ouvrir la bouche. Les trois paysannes, aussi
étonnées, se regardèrent toujours sans rien dire.
Enfin, celle que Sancho retenait lui répond avec
humeur :

— Otez-vous de là; laissez-nous passer, nous
avons autre chose à faire que d'écouter vos bê-
tises.

— Ah! princesse, répondit l'écuyer, comment
n'êtes-vous pas touchée de voir devant vous, à genoux,
la colonne des chevaliers errants?

— Veux-tu finir, reprit la princesse, ou faut-il que
je t'apprenne que je sais étriller les ânes? Mais voyez
donc, ma commère, ces petits freluquets qui veulent,
je crois, se moquer de nous! Ah! oui, par ma foi! ils
ont bonne mine!

— Sancho, dit alors don Quichotte, lève-toi, mon
fils, lève-toi; je vois trop jusqu'à quel excès va la fureur de mes ennemis : ils veulent ma mort, ils seront
contents. O vous, unique souveraine de ce cœur brisé
d'affliction, vous, innocente victime des enchanteurs

cruels qui, pour me punir, ont osé cacher vos divins attraits sous la figure d'une villageoise : daignez au moins m'honorer d'un regard. Peut-être, hélas! quelque prestige vous empêche aussi de me reconnaître, peut-être mon visage est changé pour vous, mais mon âme est toujours la même; les enchanteurs ne peuvent rien sur l'affection pure, constante, éternelle, dont elle brûle pour vous.

— Je t'en souhaite, répliqua Dulcinée; allons! hue! laisse-nous passer.

Elle frappe alors des talons son âne, et lui fait prendre le galop. Ses demoiselles la suivaient du même train : bientôt elles disparurent.

« Eh bien! Sancho, dit alors l'infortuné don Quichotte, suis-je assez persécuté par ces maudits enchanteurs! Les perfides ont poussé la barbarie jusqu'à changer ma Dulcinée, à la transformer en une laide paysanne; car elle était laide, Sancho. Sans moi, sans l'horrible haine de mes ennemis, elle serait encore l'ornement de l'univers. Qui le sait mieux que toi, trop heureux écuyer, à qui du moins les méchants n'ont pas ôté le bonheur de contempler sa beauté divine?

— C'est vrai, je l'ai toujours vue comme elle est, et j'en suis encore ébloui.

La gouvernante et la nièce firent éclater des transports
de joie.

CHAPITRE XIV

COMMENT NOTRE HÉROS RENCONTRA UNE BELLE DAME QUI CHASSAIT

Pendant cette conversation, comme nos héros traversaient tous deux une prairie, don Quichotte aperçut une troupe de fauconniers et de chasseurs. Au milieu d'eux était une jeune dame d'une figure agréable et noble, en superbe habit d'amazone, et montée sur une haquenée blanche. Elle tenait à la main un faucon; la déférence, les hommages qu'on s'empressait de lui rendre, annonçaient qu'elle était d'un haut rang, et qu'elle commandait à tous les chasseurs.

— Mon fils Sancho, dit notre chevalier, cours auprès de cette belle dame qui porte un oiseau sur le poing; dis-lui que le chevalier, qui met à ses pieds son profond respect, lui demande la permission de se présenter devant Son Altesse pour lui offrir ses services.

Sancho part au trot de son âne, arrive au milieu des chasseurs, s'approche de l'amazone, descend, se met à genoux, et lui dit :

— Madame, qui êtes si belle, je m'appelle Sancho Pança, écuyer du seigneur don Quichotte, que vous voyez arrêté là-bas. Mon maître m'envoie vous dire qu'il serait charmé de baiser les pieds de votre beauté, et de se consacrer au service de Votre Altesse et de votre oiseau.

— Aimable écuyer, répondit la dame, levez-vous, je vous prie, et retournez dire à votre maître que le duc, mon époux, et moi, nous serons charmés tous les deux de le recevoir dans notre maison, peu éloignée d'ici.

Sancho, surpris, enchanté d'entendre le nom de duc, ne songeait pas à se relever, et ne se lassait point de considérer cette dame si bien mise, si agréable, si polie pour les écuyers. La duchesse, en lui tendant la main, lui demanda si son maître n'était pas ce fameux don Quichotte de la Manche, chevalier de Dulcinée du Toboso, dont on lui avait raconté l'histoire.

— C'est lui-même, répondit Sancho; et l'écuyer que vous devez avoir vu dans l'histoire, c'est moi, madame la duchesse.

— J'en suis ravie, reprit la duchesse : cette certitude ajoute au désir que j'ai de vous recevoir avec votre illustre maître.

Notre écuyer s'inclina respectueusement, traversa d'un air fier la troupe des chasseurs, alla rendre compte à don Quichotte de l'agréable réponse de madame la duchesse, dont il éleva jusqu'au ciel la beauté, la politesse et la bienveillance particulière dont elle l'avait honoré. Notre héros, en l'écoutant, se redresse sur sa selle, s'affermit sur ses étriers, lève sa visière, raccourcit ses rênes pour donner un peu de grâce à Rossinante, et s'avance la tête haute. La duchesse, pendant ce temps, avait fait appeler son époux, l'avait instruit de l'ambassade, et, comme ils avaient lu tous deux la première partie de cette histoire, ils se firent un plaisir extrême de connaître le héros de la Manche, de se plier entièrement à son humeur, à ses idées, et convinrent de le traiter comme un véritable chevalier errant. Don Quichotte, arrivant alors, venait se mettre à genoux devant madame la duchesse. Le duc, le retint, l'embrassa, et, après quelques saluts et quelques compliments de part et d'autre, il reprit :

— **Prenons** le chemin du château, si l'illustre che-

valier de la Triste-Figure veut nous faire l'honneur d'y
venir.

— Sans doute, dit. Sancho d'un air capable, il le
veut bien, et moi aussi.

Don Quichotte remonta sur son coursier, le duc
reprit aussi le sien, et la duchesse, placée entre son
époux et le chevalier, se mit en route vers le château.
Au bout de quelques pas, elle appela Sancho pour venir causer avec elle. Sancho ne demandait pas mieux;
il poussa promptement son âne à côté de la duchesse,
se mit en rang avec M. le duc, et ne laissa pas tomber
la conversation.

CHAPITRE XV

QUI CONTIENT DE GRANDES CHOSES

Lorsque l'on approcha du château, le duc alla lui-même en avant donner des ordres pour la réception qu'il voulait faire à don Quichotte. Dès que le chevalier arriva, deux écuyers, richement vêtus, vinrent l'aider à descendre; quatre belles demoiselles lui présentèrent en cérémonie un superbe manteau d'écarlate, qu'elles attachèrent sur ses épaules. Les galeries se remplirent de monde; et tous les habitants de la maison, se réunissant pour voir le héros, jetant sur lui des essences, criaient :

— Heureux, heureux le jour où nous recevons ici la fleur de la chevalerie!

Enchanté de tant d'honneurs, don Quichotte s'avançait gravement donnant la main à la duchesse, et remerciant tout bas le ciel de ce qu'une fois dans sa vie il se voyait traité de la même manière qu'il avait vu, dans ses livres, traiter les anciens chevaliers errants.

Quand cela fut fait, douze pages, précédés d'un maître d'hôtel, vinrent annoncer que le dîner était prêt. Don Quichotte, entouré des pages, fut conduit avec beaucoup de pompe à la salle du festin, où quatre couverts seulement se voyaient sur une table chargée de beaucoup de mets. Le duc et la duchesse l'attendaient avec un grave ecclésiastique. Don Quichotte disputa beaucoup pour ne point prendre la place d'honneur; mais le duc enfin l'y força; la duchesse se mit à sa droite, l'ecclésiastique vis-à-vis, et Sancho, tout étonné des instances qu'avait faites le duc pour donner à son maître la première place, ouvrit le premier la conversation.

— Madame, interrompit don Quichotte, vos bontés ont tourné la tête de ce pauvre homme; ordonnez-lui de se retirer.

— Je lui ordonne, au contraire, reprit la duchesse, de ne pas me quitter un moment; plus je le vois, plus je le trouve aimable.

— Madame, répliqua Sancho, je ne désire l'être qu'à côté de Votre Grandeur.

— Y a-t-il longtemps, demanda la duchesse, que le chevalier de la Manche n'a eu de nouvelles de madame Dulcinée? Lui a-t-il envoyé depuis peu quelques guerriers, quelques géants vaincus?

— Madame, répondit le héros, vous rouvrez une plaie profonde. C'est en vain que plusieurs géants, plusieurs guerriers abattus, ont reçu l'ordre de moi d'aller trouver Dulcinée. Comment pourront-ils la reconnaître? Elle est enchantée, madame, elle est tout à coup devenue une laide'paysanne.

— Non pas aux yeux de tout le monde, reprit Sancho; car je l'ai vue fort belle, surtout fort gaillarde et très-leste. Je vous réponds, madame la duchesse, qu'elle vous saute une bourrique plus légèrement qu'un chat sur une table.

— Vous l'avez donc vue enchantée? demanda le duc à Sancho.

— Si je l'ai vue, monseigneur! c'est de ma façon qu'elle l'est, c'est-à-dire que c'est moi qui ai découvert le premier ce malheureux enchantement.

— N'est-ce pas vous, reprit alors l'ecclésiastique, qui vous appelez Sancho Pança, à qui votre maître a promis le gouvernement d'une île?

— Oui, monsieur, répondit l'écuyer, et j'espère qu'avec l'aide de Dieu ni lui ni moi ne manquerons d'empires, non plus que d'îles à gouverner.

8.

— Non certainement, interrompit le duc; car j'en possède neuf assez considérables, et, en faveur du seigneur don Quichotte, je vous donne dès aujourd'hui le gouvernement de la plus belle.

— Sancho, s'écria notre chevalier, cours te mettre à genoux devant Son Excellence et la remercier de son bienfait.

L'écuyer obéit sur-le-champ. Se jetant ensuite aux genoux de la duchesse :

— Madame, lui dit-il, c'est fini : d'après la bonté que vous venez de me témoigner, je suis décidé à me faire chevalier errant et à vous choisir pour ma dame. En attendant, je ne suis qu'un pauvre écuyer, laboureur de mon métier; je m'appelle Sancho, j'ai une femme et des enfants; tout est à votre service, vous en pouvez disposer comme de votre bien propre.

La duchesse n'en pouvait plus de rire, et trouvait Sancho plus divertissant et plus aimable que son maître.

Enfin le diner s'acheva. Dès que l'on fut sorti de table, quatre demoiselles se présentèrent : l'une portait une aiguière, l'autre un pot à l'eau d'argent; la troisième du linge extrêmement fin, et la quatrième, les bras retroussés jusqu'aux coudes, avait à la main une savonnette de senteur. Celle qui tenait l'aiguière vint, avec beaucoup de grâce, la placer sous le menton de don Quichotte, qui, la regardant sans parler, et croyant que c'était sans doute un usage du pays, se laissa faire et allongea son maigre cou. La seconde demoiselle versa de l'eau dans l'aiguière; celle qui portait la savonnette se mit à savonner la barbe du héros, et, faisant mousser fort habilement l'eau que l'on versait sans cesse, couvrit avec cette mousse les joues, le nez, jusqu'aux yeux du docile chevalier.

Le duc et la duchesse, qui n'avaient point ordonné cette cérémonie, se regardaient et ne savaient s'ils devaient en rire ou s'y opposer.

La demoiselle acheva de laver la barbe de don Quichotte, l'essuya doucement avec le linge, lui fit, ainsi que ses trois acolytes, une profonde révérence, et se retirait gravement lorsque le duc, pour prévenir tout soupçon de notre héros, rappela l'aimable baigneuse, et lui demanda de vouloir lui rendre le même service. La demoiselle l'entendit à merveille, et, se mettant à l'ouvrage, elle traita précisément son maître comme elle avait traité le chevalier.

— Don Quichotte, demeuré seul avec ses aimables hôtes, parla de Dulcinée selon sa folie, et de beaucoup d'autres choses avec esprit et raison. Après l'avoir écouté, le duc lui demanda sérieusement s'il pensait que son écuyer Sancho fût en état de bien gouverner l'île dont il voulait lui faire don.

— Seigneur, reprit don Quichotte, je dois vous répondre avec franchise. Le caractère de Sancho est un
assemblage singulier des choses les plus contraires ; il
est à la fois bonhomme et subtil, ingénu et fin, naïf et
rusé. Quant à son cœur, il est bon, et sa probité est par-
faite. Naturellement il voit assez juste, et sa simplicité
cache un grand sens. J'ose croire que cela suffit pour
faire un bon gouverneur. Sancho s'en tirera passable-
ment, surtout lorsque je lui aurai donné quelques
conseils.

Après quelques instants d'entretien, le chevalier se
retira pour faire sa méridienne. Le duc et la duchesse
se concertèrent alors pour préparer à don Quichotte
une belle et grande aventure parfaitement dans le
goût de l'ancienne chevalerie.

CHAPITRE XVI

MOYENS QUE L'ON PROPOSE POUR DÉSENCHANTER DULCINÉE

Le lendemain, le duc et la duchesse donnèrent à
don Quichotte le divertissement d'une chasse magnifique qui se prolongea jusqu'au soir.

Comme on était prêt à s'en retourner au château,
on entendit dans le lointain des timbales, des trompettes, et d'autres instruments guerriers; la forêt parut tout en feu. On s'arrête, on se regarde, on se demande d'où peut venir ce bruit. Le bruit augmente :
les tambours, les fifres, les clairons maures retentis-
sent, se confondent, et semblent toujours s'appro-
cher. Don Quichotte lui-même est surpris, le duc inquiet, la duchesse troublée, Sancho tremblant. Au

même instant, aux quatre coins de la forêt, on entendit des décharges de mousqueterie, comme si quatre combats se livraient à la fois.

Tous gardaient un profond silence lorsqu'on vit un char traîné par quatre bœufs couverts d'une étoffe noire. Au milieu du char, sur un siége, se tenait une longue figure immobile vêtue d'une tunique noire et la tête voilée d'un crêpe. Le char s'arrêta devant don Quichotte. La longue figure immobile se lève, et tout à coup, ôtant son voile, fait voir un vieillard pâle qui ressemblait à un spectre.

— Reconnaissez-moi, dit-il; je suis l'enchanteur Merlin, le fléau des méchants et l'ami des héros. Le cruel Malambrun, mon ennemi et le tien, jaloux de de tes exploits, a métamorphosé la princesse Dulcinée en une laide paysanne; il lui rendra sa première forme lorsqu'un chevalier osera se mesurer avec lui. Malambrun s'est engagé qu'au moment même où se présenterait ce chevalier il lui enverrait le fameux cheval de bois que montait Pierre de Provence. Il se dirige par une cheville plantée au milieu du front, et, plus rapide que la pensée, il vole au-dessus des nuages.

— Qu'il vienne! s'écria don Quichotte; me voilà!

Aussitôt on vit paraître quatre démons portant sur leurs épaules un grand cheval de bois. L'un deux le pose à terre sur ses quatre pieds.

— Le valeureux Malambrun, dit-il, engage sa parole à celui de vous assez hardi pour le combattre, de n'employer contre lui d'autres armes que son épée. Qu'il monte donc sur ce coursier ; que son écuyer monte en croupe ; mais, de peur qu'ils ne soient étourdis de la hauteur et de la rapidité de leur course, il est nécessaire qu'ils aient les yeux bandés jusqu'au moment où le cheval les avertira par ses hennissements qu'ils sont à la fin de leur voyage.

Cela dit, le char continue sa route, et les démons se retirent précipitamment. Don Quichotte, plein d'ardeur, veut s'élancer sur le nouveau coursier. Il ordonne à Sancho de le suivre.

— Non, s'il vous plaît, répondit l'écuyer ; depuis que j'ai vu la monture, je me soucie encore moins du voyage. Je ne suis pas sorcier pour voler ainsi sur un bâton, et d'ailleurs je me trouve à merveille ici ; j'y reste.

La duchesse employa alors son crédit pour déterminer notre écuyer à ne point abandonner son maître, et Sancho, les larmes aux yeux, s'écria qu'il ne pouvait résister aux instances de madame la duchesse et qu'il était prêt à partir. Don Quichotte court l'embrasser, prie la duchesse de lui bander les yeux, et monte sur son cheval de bois. Sancho, après bien des difficultés, se mit enfin sur cette croupe dure, et serrait son maître de toutes ses forces.

— Tu m'étouffes, disait don Quichotte ; laisse-moi respirer. Je ne comprends pas ce qui te fait peur : nous avons déjà fait plus de mille lieues, et il semble que nous n'ayons pas changé de place.

— Cela est vrai, répondit l'écuyer ; mais je sens de ce côté un vent terrible qui me souffle au visage.

Sancho ne se trompait point ; l'intendant du duc avait disposé plusieurs hommes avec de grands soufflets pour donner du vent à nos deux héros.

— Sans doute, reprit don Quichotte aussitôt qu'il sentit ce vent, nous sommes déjà parvenus à la seconde région de l'air, où se forment la neige et la grêle ; si nous allons toujours de ce train, nous serons bientôt à la région du feu, d'où nous viennent les tonnerres.

A l'instant même les soufflets furent remplacés par des étoupes enflammées dont on environna les voyageurs.

— Ah ! monsieur, s'écria Sancho, nous y sommes dans votre région de feu ; je sens déjà la chaleur, et la moitié de ma barbe est brûlée.

— Du courage, Sancho ! répondit don Quichotte ; nous sommes peut-être sur le point d'arriver, et nous allons fondre sur notre ennemi comme un épervier sur sa proie.

— A la bonne heure, monsieur ; mais il est temps que nous arrivions. Cette manière d'aller me fatigue, et, si l'écuyer de Pierre de Provence se trouvait bien sur cette croupe, il avait la peau plus dure que la mienne.

Toute cette conversation était entendue par le duc et la duchesse, et, lorsqu'ils s'en furent assez amusés, eux et leurs gens s'étendirent sur le gazon, comme ensevelis dans un profond sommeil. Alors on fait tomber nos héros de cheval par une violente secousse, et l'on met aussitôt le feu à la queue de leur monture, dont le corps était plein d'artifices. Le cheval saute dans l'air, au milieu des fusées et des serpentaux. Don Quichotte et son écuyer se relèvent, ôtent leurs bandeaux, et, tout surpris de se retrouver dans le même lieu, distinguent bientôt une grande lance à laquelle était attaché un parchemin sur lequel on lisait ces mots : « L'invincible chevalier de la Manche a terminé la grande aventure de la princesse du Toboso. Il lui a suffi d'oser l'entreprendre. Malambrun se reconnaît vaincu, Dulcinée a repris sa première forme, mais elle ne sera rendue à son libérateur que lorsque l'écuyer Sancho se sera administré sur l'échine trois mille et trois cents coups d'étrivière. »

— Oui-da ! s'écria Sancho, tout à coup remis de sa chute, rien que trois mille trois cents coups de fouet ! C'est une misère, n'est-ce pas ? Je ne vois pas ce que ma peau peut avoir de commun avec MM. les magiciens.

— Malheureux que vous êtes, reprit don Quichotte,

9

dont la joie fut modérée par la réponse de Sancho, je vous épargnerai la peine de vous fustiger ; car je ne sais qui me tient que je ne vous attache tout à l'heure à cet arbre, et que je ne vous applique deux fois plus de coups qu'on n'a la bonté de vous en demander.

— Sancho, mon ami Sancho, reprit alors la duchesse, qui feignit de sortir de son assoupissement, rappelez-vous les bontés de votre maître ; votre cœur ne vous dit-il rien ?

— Pardonnez-moi, madame ; il me dit que les coups de fouets ne sont pas agréables, et que décidément je n'en veux point.

— Puisque rien ne peut vous fléchir, mon ami Sancho, dit alors le duc, je suis obligé de vous avouer que je me ferais un scrupule de vous donner l'île promise, par la raison qu'un gouverneur d'une âme aussi dure et aussi insensible que la vôtre n'est pas digne de commander à des hommes. Ainsi vous n'avez qu'à choisir : renoncez au gouvernement ou subissez l'arrêt du destin.

Sancho, la tête baissée, ne se pressait pas de répondre.

— Allons, mon ami, lui dit la duchesse, un peu de résolution ! un peu de reconnaissance pour le maître qui vous a nourri ! Un *oui* ne vous coûtera guère, et nous rendra tous heureux.

— Je ne veux rien vous refuser, madame la du-

chesse; je consens à me donner les trois mille trois
cents coups de fouet pour que le monde jouisse encore
des attraits de madame Dulcinée. J'y mets pourtant
les conditions suivantes : d'abord, que je serai le maître absolu du temps où il me plaira d'accomplir la pénitence; *item*, que je ne serai point tenu de me fouetter
jusqu'au sang; *item*, que, si quelque coup porte par
hasard en l'air, il entrera toujours dans le compte. A
ces conditions-là, j'accepte.

Notre héros, transporté de joie, courut se jeter au
cou de son fidèle écuyer; tout le monde le félicita de
l'heureuse fin de cette aventure, et l'aurore, qui commençait à paraître, engagea toute la troupe à regagner
le château.

CHAPITRE XVII

COMMENT SANCHO PRIT POSSESSION DE SON ILE ET LA GOUVERNA

Dès le lendemain du voyage aérien, le duc vint dire à notre écuyer de se tenir prêt à partir pour son île, où ses nouveaux sujets l'attendaient comme on attend la rosée du mois de mai. Don Quichotte, qui voulait donner à Sancho quelques conseils sur sa conduite future, demanda la permission au duc de l'emmener dans sa chambre. Là, quand il eut fermé la porte et forcé l'écuyer de s'asseoir à ses côtés, il dit ces paroles d'un air grave :

— Ami Sancho, tu dois reconnaître aujourd'hui la vérité de mes anciennes promesses. Te voilà comblé des faveurs de la fortune avant qu'elle ait encore daigné me sourire. Crois de même aux nouveaux conseils que tu vas recevoir de moi. Apprends à te connaître toi-même, pour éviter de ressembler à la grenouille qui voulut s'égaler au bœuf. Rappelle-toi bien, redis-toi souvent qu'autrefois, dans ta jeunesse, le sort te fit garder les pourceaux.

— Non pas, s'il vous plaît, interrompit l'écuyer, ce n'était pas dans ma jeunesse, mais quand j'étais petit garçon. Depuis, lorsque je commençais à devenir un peu grand, l'on me faisait garder les oies.

— Ne crains point d'avouer toi-même ton origine; l'orgueil presque toujours suit le vice, l'humilité pare la vertu. Sois sourd aux promesses du riche, sois touché des larmes du pauvre; sois également juste pour tous deux. Souviens-toi toujours que la misérable espèce humaine est naturellement portée au mal; sois indulgent toutes les fois que l'indulgence ne nuit à personne; rappelle-toi que, pour louer Dieu, nous l'avons appelé *bon* : fuis l'avarice, aime l'économie; si ton revenu te permet d'avoir six pages, n'en prends que trois, et nourris trois pauvres : ce seront des serviteurs que tu trouveras dans le ciel. En suivant ces conseils, Sancho, tes jours seront purs et paisibles; tu vieilliras au sein de ta famille, au milieu de tes amis, honoré, béni par tous; et, quand tes yeux se fermeront, des larmes sincères baigneront ta tombe.

Il fut interrompu par les gens du duc, qui vinrent

9.

chercher Sancho pour le parer des insignes de ses nouvelles fonctions; on le revêtit d'une espèce de simarre et d'un manteau mordoré, avec la toque pareille. Notre écuyer, dans cet équipage, accompagné d'une suite nombreuse, alla prendre congé du duc et de la duchesse; ensuite il vint embrasser les genoux de son maître, qui lui donna sa bénédiction avec des yeux pleins de larmes. Le bon écuyer ne put retenir les siennes: enfin il se mit en chemin, monté sur un beau mulet, et suivi de son âne chéri, que le duc avait fait couvrir d'un magnifique harnais. Sancho retournait souvent la tête pour le regarder avec complaisance, et il s'avançait vers sa capitale, plus content et plus satisfait que le successeur des Césars.

Un bourg, à peu près de mille maisons, qui appartenait au duc, composait le puissant État où Sancho devait donner des lois. On lui dit que ce bourg s'appelait l'île de Barataria. Aux portes de sa capitale Sancho trouva les principaux du peuple qui venaient au-devant de lui et lui remirent les clefs de la ville. Il fut conduit à la salle de justice, installé sur un siége de velours, sous un magnifique dais. Il rendit deux ou trois sentences dont la sagesse surprit ceux des habitants qu'on n'avait pas mis du secret, et qui ne laissaient pas d'être étonnés de la mine, de la barbe épaisse, de la taille courte et ronde de celui qu'on leur avait choisi pour maître. Après l'audience, Sancho fut conduit en grande pompe au palais qui devait être sa demeure. Là, dans une vaste salle, était dressée une grande table couverte d'excellents mets. Dès que Sancho parut, des fifres, des hautbois se firent entendre, et quatre pages vinrent présenter une aiguière au gouverneur, qui se lava gravement les mains en regardant de côté le dîner. La musique ayant cessé, Sancho vint s'asseoir à table, où son couvert était seul. A ses côtés se plaça debout un grand personnage, vêtu de noir, portant une longue baguette à la main. Sancho le considéra d'un air inquiet, puis se hâta de remplir son assiette ; mais à peine il portait à sa bouche le premier morceau que le grand personnage noir baissa sa baguette, et sur-le-champ l'assiette et les plats furent emportés. Le maître d'hôtel présente un autre mets : le gouverneur veut en goûter ; la baguette arrive avant lui, le mets disparaît comme l'autre. Surpris et peu satisfait de cette promptitude à dégarnir la table, Sancho demande à l'homme à la baguette si la coutume du pays était de dîner comme l'on joue à passe-passe.

— Non, seigneur, répond le grand personnage; j'ai l'honneur d'être le médecin des gouverneurs de cette île; j'assiste toujours à leurs repas, et je ne leur laisse manger que les choses qui leur conviennent. Le premier plat dont Votre Seigneurie a goûté était un aliment froid que son estomac aurait eu de la peine à digérer; le second, au contraire, était chaud, provoquant la soif et risquant d'enflammer les entrailles de monseigneur.

— C'est à merveille, reprit Sancho; mais, par exemple, ces perdrix rôties ne peuvent que me faire du bien.

— Non, assurément, monseigneur, et je vous défends d'y toucher.

— Pourquoi cela, s'il vous plaît?

— Parce que notre maître Hippocrate le défend.

— Mais, monsieur le docteur, ce composé de toute sorte de viandes que je vois fumer au bout de la table? Il est impossible que dans le nombre je n'en trouve pas quelqu'une qui me convienne. Portez-moi ce plat, maître d'hôtel.

— Je le lui défends sur sa tête. Juste ciel! Rien n'est plus malsain. Votre Seigneurie doit fort bien dîner avec quelques pruneaux ou quelque autre confiture, et, si elle sent une grande faim, elle peut y joindre un ou deux biscuits.

A ces mots, Sancho se renverse sur sa chaise, et, toisant le médecin depuis les pieds jusqu'à la tête :

— Monsieur le docteur, dit-il, comment vous nommez-vous, s'il vous plaît?

— Je m'appelle, repondit-il, le docteur Pedro Recio de Tirtea de Fuera.

— Eh bien! s'écria Sancho avec des yeux brûlants de colère, monsieur le docteur Pedro Recio, sortez tout à l'heure de ma présence, sinon je vous fais pendre, vous et tous les médecins de Tirtea-Fuera que je trouverai dans mon île. Sortez, dis-je, fléau des gouverneurs. Que l'on me donne à manger; je l'ai bien gagné ce matin.

Le docteur, tout tremblant, s'en fut. Sancho, remis à peine de sa fureur, allait commencer à dîner lorsqu'on entendit le bruit du galop d'un cheval. Un courrier, couvert de poussière, parut bientôt, et vint présenter un paquet à Sancho, qui le remit à l'intendant.

— Lisez cette lettre, dit-il, si vous pouvez, et rendez-m'en compte.

L'intendant fit lecture de la lettre, qui s'exprimait en ces termes :

« Je viens d'être averti, seigneur don Sancho, que mes ennemis et les vôtres doivent venir vous attaquer pendant la nuit. Tenez-vous prêt à les recevoir. Je sais de plus, par des espions fidèles, que quatre assassins déguisés sont entrés dans votre ville; ils en veulent à vos jours. Examinez avec soin tous ceux qui vous approcheront, et surtout ne mangez rien de ce qu'on vous présentera. Je me prépare à vous secou-

rir, mais j'espère tout de votre valeur et de votre prudence.

« Votre ami,

« Le Duc. »

— Monsieur l'intendant, s'écria Sancho lorsqu'il
eut entendu cette lettre, la première chose que nous
ayons à faire, c'est de mettre dans une basse-fosse le
docteur Pedro Recio; car, si quelqu'un en veut à mes
jours, ce ne peut être que lui, qui voulait me faire
mourir de faim.

— Seigneur, répondit l'intendant, l'avis que nous
venons de recevoir mérite la plus sérieuse attention.
J'ose supplier Votre Seigneurie de ne toucher à aucun
des mets qui sont sur sa table.

— Allons, reprit tristement Sancho, qu'on des-
serve cette belle table, et qu'on m'apporte du pain
bis avec quelques livres de raisin, puisque les
coquins qui m'en veulent me réduisent à ce triste
dîner.

CHAPITRE XVIII

Pendant que ces choses se passaient, la duchesse avait fait partir un page pour aller porter à la femme de Sancho une lettre et un paquet que son mari lui envoyait. Elle avait joint à ce paquet un petit billet de sa main et une longue et pesante chaîne d'or qu'elle envoyait à Thérèse. Comme le page entrait dans le village, il aperçut au bord d'un ruisseau plusieurs femmes lavant du linge ; il les pria de lui indiquer la maison de Thérèse Pança, femme de Sancho Pança, écuyer d'un chevalier nommé don Quichotte de la Manche.

— Mon beau monsieur, lui répond en se levant une jolie petite fille de quatorze ans à peu près, ce Sancho Pança est mon père, cette Thérèse est ma mère, et ce don Quichotte est notre maître.

— En ce cas, mademoiselle, répondit le page en la saluant, ayez la bonté de me conduire à madame votre mère, pour qui j'apporte une lettre et des présents.

La jeune Sanchette, à ces mots, sans se donner le temps de reprendre ses souliers, court, vole, devant le page, en appelant sa mère.

A sa voix, Thérèse Pança sortit avec sa quenouille au côté, faisant tourner son fuseau.

— Que me veux-tu, dit-elle à Sanchette, et qu'est-ce que c'est que ce monsieur?

— C'est un de vos serviteurs, madame, reprit le page en descendant de cheval, et venant se mettre, un genou en terre, devant madame Thérèse; j'ose demander à Votre Seigneurie de me permettre de baiser la main de la légitime épouse du seigneur don Sancho Pança, gouverneur de l'île de Barataria.

Alors le page présente les lettres et met au cou de Thérèse la superbe chaîne d'or.

La mère et la fille, immobiles, se regardent sans pouvoir parler.

— Ma mère, dit enfin Sanchette, je gage que ce

gouvernement est l'île que vous savez, promise depuis si longtemps à mon père par le seigneur don Quichotte.

— Vous avez raison, mademoiselle, reprit le page. Ce papier vous l'expliquera.

— Ah! mon cher monsieur, comment faire? interrompit Thérèse, je ne pourrai jamais déchiffrer ces lettres, car je sais filer, mais je ne sais pas lire.

— Si vous le désirez, reprit le page, je lirai la lettre du gouverneur.

Aussitôt le page obligeant fit cette lecture, et passa tout de suite après au billet de la duchesse, conçu en ces termes:

« Ma chère amie, les excellentes qualités que j'ai reconnues dans votre mari Sancho m'ont engagée à le faire nommer, par mon époux le duc, gouverneur d'une de nos îles. Depuis qu'il occupe cette importante place, j'ai su qu'il faisait le bonheur et l'admiration de ses vassaux; et j'ai voulu vous faire part de la joie que m'ont causée ces bonnes nouvelles.

« Je vous envoie une chaîne d'or, que je vous prie d'accepter et de porter pour l'amour de moi. Un temps viendra, ma chère Thérèse, où nous nous connaîtrons

davantage; j'espère alors satisfaire mieux ma tendre
amitié pour vous. J'embrasse de tout mon cœur votre
aimable fille Sanchette. Écrivez-moi, vous êtes sûre
de m'obliger en me demandant de vous être utile.
Pour encourager votre confiance, je vous prie de m'envoyer deux douzaines de glands de votre pays, que l'on
dit être excellents. Adieu, ma chère Thérèse; que
Dieu vous garde et vous fasse aimer un peu votre
bonne amie,

« LA DUCHESSE. »

— Ah! s'écria Thérèse à cette lecture, qu'elle est
bonne, qu'elle est affable, qu'elle est charmante, cette
duchesse! une duchesse! une vraie duchesse, qui
m'appelle sa bonne amie! Ah! elle en aura des glands!
elle en aura, je vais lui en envoyer un boisseau des
choisis.

Pendant que Sanchette préparait quelques rafraî-
chissements pour le page, madame Thérèse était sortie
de la maison, courant et dansant dans la rue. Les premières personnes qu'elle rencontra furent le curé et
le barbier.

— Bonjour, messieurs, leur dit-elle en riant. Tout
ne va pas mal, Dieu merci! nous le tenons enfin le petit
gouvernement.

— Qu'est-ce donc que cette folie, madame Thé-

rèse? lui répondit le curé; et quels papiers avez-
vous là?

— Il n'y a point de folie, monsieur, et ces papiers
ne sont rien que des lettres que m'ont écrites un gouverneur et une duchesse.

Le curé, surpris, se mit à lire tout haut les lettres,
le barbier le regardait à chaque phrase, et ne pouvait
en croire ni ses oreilles ni ses yeux.

Ils suivirent aussitôt Thérèse, et trouvèrent le page
dans la cour, occupé de son cheval, tandis que Sanchette allait et venait pour faire son omelette. Étonnés
de plus en plus de la bonne mine de ce jeune homme,
de la richesse de son habit, ils le saluèrent poliment,
et le barbier lui demanda de vouloir bien leur expliquer, comme à d'anciens amis de don Quichotte et de
Sancho, ce que voulaient dire les lettres qu'ils venaient de lire.

— Messieurs, répondit le page, je ne puis vous en
dire plus que les lettres ne vous en apprennent. Je
vous répète qu'elles ne contiennent rien qui ne soit
absolument vrai.

— Sans doute, sans doute, s'écria Thérèse, et toutes
ces questions sont fort inutiles : occupons-nous de
choses plus pressées. Il faut que je fasse venir une
belle robe, une coiffure de dentelles à la mode, et tout
ce qu'il faut à la femme d'un gouverneur. Ah! je ne
veux pas faire honte à mon mari, je veux l'aller join-

dre dans un bon carrosse comme les autres; et, si l'on en jase, on en jasera.

Tandis que le page dînait, Thérèse s'occupa de répondre aux lettres qu'elle avait reçues. Elle alla chercher un enfant de chœur, qui, pour quelques œufs frais qu'elle lui donna, écrivit ses réponses sous sa dictée.

CHAPITRE XIX

RETOUR DU PAGE DE CHEZ THÉRÈSE

Cependant notre gouverneur s'occupait de faire régner dans son île la police, l'ordre et les lois : il visitait les marchés, examinait les poids, les mesures, et punissait sévèrement les marchands qu'il trouvait en fraude. Les cabaretiers surtout attirèrent son attention; il établit la peine de mort pour ceux qui mettraient de l'eau dans le vin; il diminua le prix des souliers, régla les gages des domestiques, bannit de son île les chanteurs des rues dont les chansons étaient inconvenantes, créa un commissaire des pauvres; non pas pour leur donner la chasse, mais pour s'informer avec soin s'ils étaient véritablement pauvres; enfin, guidé par

10.

son seul bon sens et son esprit naturel, il fit des ordonnances si sages, qu'elles sont encore en vigueur dans le pays, où on les appelle le Code du grand gouverneur Sancho Pança.

Don Quichotte, pendant ce temps, commençait à trouver que la vie oisive qu'il menait dans le château du duc était indigne d'un chevalier : il soupirait après son départ, et préparait ses adieux, lorsque le page, de retour de son ambassade, vint apporter à la duchesse les réponses et les présents de Thérèse. Il remit gravement ses dépêches, sur l'une desquelles était écrit : *A madame la duchesse dont je ne sais pas le nom.* L'adresse de l'autre était : *A mon mari Sancho Pança, gouverneur de l'île de Barataria, où je prie Dieu de le maintenir.*

La duchesse ouvrit aussitôt sa lettre, et la lut à haute voix à son époux.

LETTRE DE THÉRÈSE PANÇA A LA DUCHESSE.

« Madame,

« La lettre que Votre Grandeur m'a écrite m'a fait beaucoup de plaisir. Tout notre village est charmé que vous ayez donné un gouvernement à mon mari. Il y a bien quelques personnes qui ne veulent pas le croire ; mais je les laisse dire, et je leur montre la

belle chaîne d'or, ce qui ne laisse pas de faire **papil-
loter** les yeux de mes envieux.

« Je vous envoie un demi-boisseau des plus **beaux**
glands que j'ai pu trouver. Je voudrais qu'ils fussent gros comme des œufs d'autruche.

« Je prie Votre Grandeur de m'écrire ; je lui répon-
drai et l'informerai de tout ce qui me regarde et de
tout ce qui se passera dans notre village. Sanchette,
ma fille, et mon petit vous baisent les mains, ainsi
que moi qui vous aime mieux que je ne l'écris.

      « Votre servante,

                      « Thérèse Pança. »

La duchesse, fort satisfaite de la réponse de Thérèse, brûlait d'impatience de lire la lettre adressée à
Sancho ; mais elle n'osait pas l'ouvrir. Don Quichotte,
qui s'aperçut de son scrupule, décacheta lui-même
cette lettre. Elle s'exprimait ainsi :

« J'ai reçu ta lettre, mon Sancho, et je te jure sur
ma foi qu'il s'en est peu fallu que je ne sois devenue
folle de plaisir.

« Te voilà donc devenu, de gardeur de chèvres que
tu étais, gouverneur d'une bonne île ! Tu dois te
souvenir que ma pauvre mère disait souvent qu'il

ne s'agissait que de vivre pour voir des choses étonnantes. Vivons, vivons, mon ami, et voyons beaucoup de choses, parmi lesquelles je voudrais bien voir un peu de l'argent que ton île doit te rapporter.

« Sanchette commence à travailler assez joliment en dentelle, et gagne déjà par jour huit maravédis. Mais, à présent que te voilà gouverneur, elle peut se reposer; sa dot n'en viendra pas moins. La fontaine de la grande place a tari, et le tonnerre est tombé sur la potence; il n'y a pas grand mal à cela. Que Dieu te garde, mon Sancho, le plus d'années possible, et qu'il me garde aussi de même; car j'aurais trop de chagrin de te laisser au monde sans moi !

« Ta femme,

« THÉRÈSE PANÇA. »

Cette épître était accompagnée des glands et d'un beau fromage que Thérèse envoyait à la duchesse.

CHAPITRE XX

LABORIEUSE FIN DU GOUVERNEMENT DE SANCHO

Sept jours s'étaient écoulés depuis que l'illustre gouverneur tenait les rênes de son empire. Accablé de lassitude, n'en pouvant plus, rassasié, non de bonne chère, mais de procès, de règlements, de lois nouvelles, il commençait à livrer au sommeil ses paupières affaissées, lorsque tout à coup il est réveillé par des clameurs, le son des cloches, et l'épouvantable bruit qu'il entend dans toute la ville. Il lève la tête, s'assied sur son lit, écoute attentivement; le bruit redouble, et les trompettes, les tambours, les divers instruments de guerre se mêlent aux voix différentes, aux cris perçants de terreur, aux coups redoublés des tocsins. Surpris, troublé, saisi de frayeur, il se jette à bas, chausse ses pantoufles, et, sans se donner le temps de se vêtir, il court à la porte de sa chambre. A l'instant même arrivent en courant une vingtaine de personnes, l'épée à la main, portant des flambeaux et criant de toutes leurs forces :

— Aux armes! aux armes! seigneur gouverneur, les ennemis sont dans l'île, nous sommes perdus; nous n'avons d'espoir que dans votre seule vaillance. Armez-vous donc, armez-vous, seigneur, ou c'en est fait de vous et de votre gouvernement.

— Je n'entends pas grand'chose aux armes, dit-il, les batailles ne sont pas mon fort.

— Qu'osez-vous dire, seigneur? Vous êtes notre général. Nous vous apportons des armes, hâtez-vous de vous en servir, et que chacun ici fasse son devoir, vous en marchant à notre tête, nous en mourant pour vous défendre.

— A la bonne heure! messieurs, armez-moi donc, puisque vous le voulez.

Aussitôt, sur la chemise du malheureux gouverneur on applique deux larges boucliers, l'un par devant, l'autre par derrière; on les attache ensemble avec des liens, en laissant passer ses bras par les vides des deux boucliers. Ainsi serré comme entre deux étaux, Sancho se trouve pris jusqu'aux genoux, qu'il n'a pas même la liberté de ployer.

Au premier mouvement qu'il fait, il perd son aplomb, et tombe par terre; là, il reste comme la tortue ensevelie dans sa profonde écaille. Sans pitié pour lui, les mauvais plaisants qui l'environnaient ne font pas semblant de l'avoir vu tomber. Ils éteignent les flambeaux, redoublent leurs cris, vont, viennent, passent et repassent sur le corps du pauvre Sancho en faisant retentir le bruit des épées sur les casques, sur les écus. A chaque coup, Sancho, tremblant et suant à grosses gouttes, retirait sa tête sous ses boucliers, se ramassait, se faisait petit autant qu'il lui était possible, et recommandait son âme à Dieu.

— Oh! disait-il en lui-même, si le bon Dieu me faisait la grâce de donner cette île aux ennemis, je l'en remercierais de bon cœur!

A l'instant même il entend crier:

— Victoire! victoire! ils ont pris la fuite. Levez-vous, seigneur gouverneur, venez jouir de votre triomphe.

— Si vous voulez que je me lève, dit Sancho d'une voix dolente, il faut d'abord que vous me leviez.

On le mit alors sur ses pieds, on le délivra des deux boucliers, on le porta sur son lit, où il fut quelque temps à reprendre ses sens. Enfin, ayant trouvé un peu de force, il demanda quelle heure il était. On lui dit que l'aurore allait paraître. Sans répondre, il se leva, s'habilla lentement dans un grand silence, s'en alla droit à l'écurie, suivi de toute sa cour. Là, s'approchant de son âne, il lui prit la tête dans ses deux mains, il lui donna un baiser sur le front; et, fixant sur lui des yeux pleins de larmes :

— Mon ami, dit-il, mon vieux camarade, toi qui ne t'es jamais plaint de partager ma misère tant que je ne t'ai pas quitté, tant que, satisfait de mon sort, je ne pensais qu'à te nourrir ou à raccommoder ton bât, mes heures, mes jours, mes années étaient heureuses : depuis que la vanité, l'ambition, le sot orgueil ont pris ta place dans mon cœur, je n'ai senti que des chagrins et des maux cuisants.

En disant ces mots, et sans prendre garde à personne, il s'en va chercher le bât, revient le mettre sur l'âne, l'y attache, monte dessus, et, regardant tous ceux qui l'environnaient :

— Messieurs, dit-il, laissez-moi passer, laissez-moi retourner à mon ancienne vie, à mon ancienne liberté, sans laquelle il n'est point de bonheur. Je m'entends mieux à labourer, à bêcher, à tailler la vigne, qu'à faire des ordonnances et à livrer des batailles. Chacun n'est bien que dans son état. J'aime mieux me nourrir de pain bis que d'attendre la permission d'un impertinent médecin pour manger des mets délicats; j'aime mieux dormir à l'ombre d'un chêne que de ne pas fermer l'œil sous des rideaux de satin. Pauvreté, paix et liberté, voilà les seuls biens de ce monde. Adieu, messieurs, je vous salue; nu je vins, nu je m'en vas : j'entrai dans le gouvernement sans avoir un sou dans ma poche, j'en sors sans avoir une maille. Serviteur, messieurs; laissez-moi partir. Adieu.

On pressa le gouverneur de prendre avec lui tout ce dont il pouvait avoir besoin; le modeste Sancho ne voulut rien qu'un peu d'orge pour son âne et un morceau de pain pour lui.

Le trajet était court jusqu'au château. Sancho, à son arrivée, environné de tous les gens de la maison, alla se mettre à genoux devant le duc.

— Votre Grandeur, lui dit-il, sans que je l'eusse mérité, m'a donné le gouvernement de l'île de Barataria : je me suis acquitté de mon mieux de cette pénible charge; c'est à ceux qui m'ont vu agir à vous dire si ce mieux est bien. Les ennemis sont entrés dans l'île pendant la nuit : plusieurs personnes m'ont assuré que c'était moi qui les avais vaincus; je le veux bien, et je demande à Dieu de ne jamais recevoir d'autre mal que celui que je leur ai fait. Tandis que je les battais, j'ai réfléchi aux inconvénients de la grandeur, aux pénibles devoirs qu'elle impose, et j'ai pensé que ce poids était trop lourd pour mes épaules. En conséquence, avant que le gouvernement me laissât, j'ai laissé le gouvernement. J'en suis sorti comme j'y étais rentré, n'emportant rien que mon

11

âne. Ainsi donc, madame la duchesse, voici votre gouverneur revenu à vos pieds, qu'il baise, et revenu surtout de l'idée que les gouvernements soient faits pour lui. Je n'en veux plus, je vous remercie; je me remets paisiblement au service de mon ancien maître, auprès de qui, si quelquefois j'éprouve de petits accidents, je trouve du moins de la joie, du pain et de l'amitié.

Tel fut le discours de Sancho, que don Quichotte lui-même applaudit. Le duc l'embrassa tendrement. La duchesse voulut aussi embrasser son ancien ami, et donna l'ordre à son maître d'hôtel que les soins les plus attentifs le consolassent de ses disgrâces.

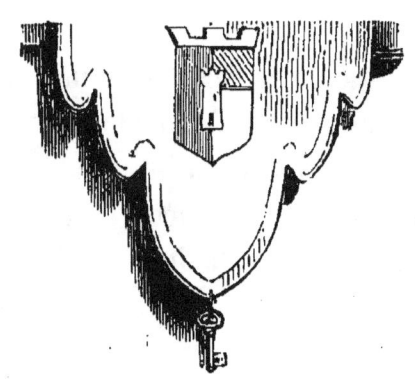

CHAPITRE XXI

CE QUE C'ÉTAIT QUE LE CHEVALIER DE LA BLANCHE-LUNE

Notre héros, charmé dans le fond de son cœur du retour de son écuyer, résolut de ne plus différer à se remettre en campagne. Depuis longtemps il se reprochait de perdre dans la mollesse un temps dont il devait compte à la renommée. Il alla donc prendre congé du duc et de la duchesse. Il leur annonça son départ pour le lendemain matin, et ils lui en témoignèrent les plus vifs regrets. La duchesse remit à Sancho les lettres de son épouse Thérèse; Sancho ne put les lire sans pleurer :

— Hélas! dit-il qui aurait pensé que les belles espérances de ma femme, en apprenant que j'étais gou-

verneur, aboutiraient à me voir retourner avec monseigneur don Quichotte chercher les tristes aventures!
Je suis bien aise du moins que ma Thérèse ait envoyé des glands à madame la duchesse; si elle ne
l'avait pas fait, je ne lui aurais point pardonné. C'est
souvent un petit présent qui prouve une grande reconnaissance.

La duchesse, sensible au bon cœur de Sancho, lui
fit de tendres adieux, lui recommanda de s'adresser à
elle, si jamais elle pouvait lui être utile, et souhaita
autant de gloire que de bonheur au chevalier de la
Manche.

Le lendemain, don Quichotte, couvert de ses armes et monté sur Rossinante, parut dans la cour du
château. Son écuyer, près de lui, sur son âne, montrait un visage satisfait, et ce n'était pas sans motif.
L'intendant, d'après les ordres de la duchesse, était
venu lui porter en secret une bourse de deux cents
écus d'or, que notre écuyer avait baisée et serrée dans
son sein. Tous les habitants du château étaient aux
balcons, aux croisées; tous saluaient les deux héros.
La duchesse, au milieu de ses femmes, leur tendait
les mains, leur répétait adieu du haut de son balcon.

Quelque temps après ces événements, comme don
Quichotte cheminait avec Sancho et quelques amis
près de Barcelone, sur le rivage de la mer, on vit paraître tout à coup sur la plage un chevalier armé de

pied en cap, monté sur un magnifique cheval, cachant son visage sous sa visière, et portant sur son large bouclier une lune éblouissante. Cet inconnu arrive au galop, s'arrête devant don Quichotte, et, d'une voix haute et fière .

— Illustre guerrier, dit-il, tu vois le chevalier de la Blanche-Lune; dès longtemps la renommée a dû t'apprendre quel est ce nom. Je viens m'éprouver avec toi; je viens te faire convenir que la dame de mon cœur l'emporte en attraits, en beauté, sur ta fameuse Dulcinée.

— Chevalier de la Blanche-Lune, répond don Quichotte aussi surpris qu'irrité de tant d'arrogance, tu n'as jamais vu Dulcinée; un de ses regards eût suffi pour te prouver qu'aucune belle ne peut lui être comparée. Ta folle erreur me fait pitié; prends du champ, prépare ta lance, et défends-toi.

Déjà tous deux fondaient l'un sur l'autre. Le coursier de l'inconnu, plus grand, plus fort que Rossinante, arriva comme la foudre sur le malheureux don Quichotte, et le jeta lui et son cheval à vingt pas de là sur le sable. Aussitôt le chevalier vainqueur, qui n'avait pas voulu se servir de sa lance, et l'avait relevée exprès en rencontrant notre héros, revint lui présenter la pointe à la visière, en lui disant :

— Vous êtes mort si vous ne faites l'aveu que je vous ai demandé.

11.

Don Quichotte, presque évanoui, rassemble toutes ses forces, et lui répond d'un accent lamentable :

— Le malheur ou la faiblesse du chevalier de Dulcinée n'empêche pas qu'elle ne soit la plus belle de l'univers. Hâte-toi de m'ôter la vie; le trépas est un bienfait pour quiconque a perdu l'honneur.

— A Dieu ne plaise, répond l'inconnu, que j'immole le plus magnanime, le plus fidèle des chevaliers ! Que la beauté de Dulcinée, que sa gloire restent parfaites ! ton vainqueur même lui rend hommage. La seule chose que j'exige, c'est que le grand don Quichotte s'abstienne de porter les armes pendant une année entière, et se retire dans sa maison.

— Je le jure, foi de chevalier, répond le héros vaincu, puisqu'il n'y a rien dans ce serment de contraire à l'honneur de Dulcinée.

A ces mots, l'inconnu prend le galop, et s'en retourne vers la ville, tandis que Sancho désolé relevait le pauvre don Quichotte, le faisait mettre sur un brancard, et le rapportait tristement à l'hôtellerie.

CHAPITRE XXII

COMMENT LE BON SANCHO S'Y PRIT POUR DÉSENCHANTER DULCINÉE

Un des témoins du combat, qui brûlait de connaître le chevalier de la Blanche-Lune, ne le perdit pas un instant de vue, et, le voyant entrer dans une maison, il y entre aussitôt après lui. Là, il le trouve occupé de se faire désarmer. L'inconnu lui dit avec un sourire :

— Seigneur, je crois pénétrer le motif qui vous attire sur mes pas ; vous voulez savoir qui je suis ; je ne vous en ferai point un mystère. On m'appelle Samson Carrasco ; je suis du village de don Quichotte. La folie de ce bon gentilhomme, que nous estimons, que nous aimons tous, a fait naître dès longtemps ma pitié ;

j'ai pensé, d'après les conseils de plusieurs de mes
amis, que le repos et la retraite étaient les seuls moyens
qui nous restaient de le rendre à la raison. Je me suis
donc fait chevalier errant pour le combattre, le vaincre et le forcer de retourner chez lui. Je vous supplie,
seigneur, de ne point révéler ce que je vous confie ;
vous auriez le chagrin de nuire à la guérison d'un
homme de bien dont les qualités et l'esprit méritent
votre intérêt.

Pendant ce temps, notre héros, affligé, confus et
moulu, était tristement dans son lit, où Sancho tâchait
de le consoler.

— Allons, lui disait-il, reprenez un peu de courage.
Il faut savoir prendre le temps comme il vient, souffrir
ce qu'on ne peut empêcher, et surtout se passer de
médecin ; vous n'en aurez nul besoin, j'espère ; vous
serez bientôt rétabli. Nous nous en retournerons brave-
ment dans notre village, nous y vivrons en paix, en
joie, et vous verrez, je vous le promets, qu'il est possible d'être heureux sans chercher les aventures. Au
fait, mon cher maître, quel est celui de nous deux qui
perd le plus à ceci ? N'est-ce pas moi, qui vois s'en aller
mes espérances en fumée ? Car, enfin, quoique je sois
dégoûté du métier de gouverneur, je n'aurais pas été
fâché d'essayer de celui de comte ; comment voulez-
vous que je devienne comte à présent que vous ne
pouvez plus être roi ?

— Tu t'abuses, mon pauvre Sancho, lui répondit don Quichotte ; l'on n'exige de moi qu'une seule année de retraite ; après ce temps écoulé, rien ne m'empêchera, s'il plaît à Dieu, de reprendre mon noble exercice, et nous aurons à choisir des royaumes et des comtés.

— Eh bien ! monsieur, vous voyez donc qu'il ne faut pas se désespérer. C'est aujourd'hui mon tour, et demain le tien. En fait de bataille, rien n'est jamais sûr ; celui qui tombe ce matin se relèvera peut-être ce soir. Tout ira bien, mon cher maître ; vivons, croyez-moi, d'espérance ; ma mère disait que souvent elle valait mieux que la possession.

Don Quichotte, ainsi soutenu par les discours de son écuyer, par les soins, par les attentions de ses hôtes, demeura six jours dans son lit. Au bout de ce temps il voulut partir, et, sans armes, sans épée, dans l'équipage d'un vaincu, monté sur Rossinante encore boiteux, précédé de l'âne qui portait son armure, et de Sancho marchant à pied, notre héros se mit en chemin. La nuit était fort obscure lorsque don Quichotte et son écuyer arrivèrent dans une forêt ; ils se reposèrent sous de grands arbres, soupèrent assez mal, et leur souper fut à peine achevé que Sancho s'arrangea pour dormir.

— Mon cher enfant, lui dit son maître, avant que tu te livres au sommeil, je veux te rappeler une chose

importante qu'il est absolument nécessaire **de terminer** avant de rentrer dans notre village.

— Et quelle est cette chose, monsieur?

— Ton cœur devrait t'en instruire. As-tu donc oublié tes promesses? Reprendras-tu ton ancien état
avant d'avoir désenchanté la malheureuse Dulcinée?
Tu sais de qui cela dépend: je t'en parle, comme tu
vois, sans reproche, sans aigreur; je n'exige point, je
demande, et mon humble prière est au nom de mon
ancienne amitié.

— Hélas! mon Dieu! vous prenez la meilleure manière d'obtenir de moi ce que vous voulez; mais, fran-
chement, qu'a de commun ma pauvre peau avec madame Dulcinée? Par quel hasard m'a-t-on choisi pour
être le médecin de cette dame? Encore les médecins
sont-ils plus heureux : on les paye grassement, même
lorsqu'ils tuent leur malade; mais, dans cette affaire-
ci, l'on m'oblige, pour guérir le mien, de me fouetter
jusqu'au sang, et cette cure si pénible doit rester sans
récompense.

— Ah! mon fils, que ne parles-tu! Si j'avais pensé
qu'un honnête salaire pouvait te déterminer à ce que
j'attends de toi, depuis longtemps je te l'aurais
offert. Tu n'as qu'à régler toi-même le prix que tu
mets à chaque coup de fouet, t'en payer d'avance sur
l'argent que tu me gardes, et te mettre à l'ouvrage.

Ces paroles firent ouvrir les yeux et les oreilles à Sancho. Il résolut de se fouetter tout de bon pour augmenter le petit trésor qu'il apportait à sa femme.

— Monsieur, reprit-il, voilà qui est dit; je vais vous donner satisfaction. Je compte m'étriller de manière que l'on puisse dire aux envieux de ma petite fortune : Celui-là ne l'a pas volée... Suffit, vous serez content.

— Oh! je le suis déjà, Sancho, Sancho mon ami, Sancho de mon cœur! Ma vie entière ne pourra suffire à te prouver ma reconnaissance. Quand commences-tu, mon fils?

— Quand, monsieur? Cette nuit sans faute, et tout à l'heure, puisque j'y suis.

Sancho, étant convenu avec son maître d'un prix raisonnable, court aussitôt prendre les licous de l'âne et de Rossinante, les joint ensemble pour en faire un fouet, s'éloigne d'une vingtaine de pas, résolu de terminer la douloureuse pénitence.

— Mon ami, lui dit don Quichotte, qui le vit aller d'un air si déterminé, je te recommande de ne pas te mettre en pièces; je crains que tu n'en fasses trop, et je vais compter avec attention pour t'arrêter dès qu'il sera temps.

— Comptez, comptez si vous voulez, répond l'écuyer en se déshabillant; j'espère ne pas me tuer, mais je n'irai pas de main morte.

A ces mots, sur son dos dépouillé il s'applique deux coups vigoureux qui lui font pousser un cri. Plein de courage, il redouble, mais il ne put jamais passer le sixième.

— Ah! monsieur, s'écria-t-il en s'arrêtant, j'ai fait un marché de dupe; cela vaut au moins un demi-réal.

— Eh bien! mon ami, tu l'auras, répond le héros généreux.

Sancho reprend alors de la force; mais le fripon, au lieu de faire tomber les coups sur ses épaules, les applique sur les arbres dont il était environné. Se trouvant mieux de cette manière d'accomplir la pénitence, il ne s'arrête plus un moment, frappe, refrappe à tour de bras, en poussant de si profonds soupirs, qu'on l'aurait cru prêt à rendre l'âme. Don Quichotte, tout attendri, lui criait :

— Mon fils, mon cher fils, arrête, arrête! en voilà bien assez pour une fois, j'en ai compté plus de mille. Tu te martyrises, mon enfant.

. — Non, répondait l'écuyer, je me sens en train, je veux en finir, et ne pas voler mon salaire.

Il redouble alors de fureur, et frappe si vivement, qu'il ne restait pas un pouce d'écorce aux malheureux arbres qu'il avait choisis. Enfin, poussant un cri terrible en appliquant le plus fort de ses coups, il se laisse tomber sur la terre.

Don Quichotte, effrayé, se presse d'accourir et de lui arracher son fouet.

— Je te défends de continuer, lui dit-il les larmes aux yeux.

Notre héros se hâta d'envelopper dans son manteau son écuyer, qui, s'appuyant contre un tronc de chêne, s'endormit bientôt d'un profond sommeil.

Le lendemain, au point du jour, tous deux se remirent en route. Don Quichotte osait à peine demander à Sancho comment il se trouvait. Celui-ci, sans entrer dans des explications, pria seulement son maître de ne point passer la nuit dans un village, parce qu'il avait pris la ferme résolution d'achever la pénitence, et qu'il aimait mieux la finir en plein air, surtout dans un bois, où la seule vue des arbres semblait soulager sa douleur. Don Quichotte y consentit, le remercia mille fois, et s'arrêta le même soir dans une grande forêt, où Sancho, toujours aux dépens, non de ses épaules, mais des hêtres, parvint enfin, sans trop de travail, à terminer l'enchantement de Dulcinée, dont lui seul avait été l'inventeur.

CHAPITRE XXIII

ARRIVÉE DE DON QUICHOTTE CHEZ LUI; SA MALADIE
ET SA MORT

Notre héros, transporté de joie, attendait impatiemment l'aurore, et ne doutait point que ses premiers rayons ne lui fissent voir Dulcinée. L'aurore parut sans cette belle; don Quichotte, surpris, continua son chemin en regardant de tous côtés si Dulcinée n'arrivait pas. A chaque femme qu'il rencontrait, son cœur battait avec violence; il accourait vers elle rempli d'espoir; la voyageuse passait sans rien dire, et don Quichotte soupirait douloureusement. Deux jours s'écoulèrent ainsi : nos héros arrivèrent enfin sur le haut d'une colline, d'où ils découvrirent leur village. A cette vue, Sancho se mit à genoux :

« O ma chère patrie! s'écria-t-il, tu vas revoir ton

fils Sancho, non bien riche, mais bien étrillé! reçois-le dans ton sein, ainsi que son maître le valeureux don Quichotte, qui revient, à la vérité, vaincu, mais dont le nom n'en fera pas moins et ton honneur et ta gloire. »

Don Quichotte dit à son écuyer de se lever, et tous deux entrèrent dans le village. Les premières personnes qu'ils rencontrèrent furent le curé et le bachelier Carasco, qui sortaient pour se promener. A peine eurent-ils reconnu leur ancien ami qu'ils vinrent à lui les bras ouverts. Don Quichotte descendit de cheval, les serra contre sa poitrine, et, les tenant tous deux par la main, prit le chemin de sa maison, suivi d'une foule d'enfants qui criaient de toutes leurs forces :

— Voici le seigneur don Quichotte! voici le bon Sancho Pança! Venez, venez, madame Thérèse.

Thérèse accourt avec sa fille Sanchette; et, ne voyant pas son mari dans l'équipage d'un gouverneur :

— Qu'est-ce ceci, dit-elle, mon homme? où est donc votre carrosse? où sont vos gens et votre équipage; je crois, par ma foi, que tu es à pied!

— Oui, femme, lui répond Sancho; mais tu peux toujours m'embrasser, car je t'apporte de l'argent, et de l'argent bien gagné, je t'assure.

— Ah! mon ami, mon bon ami, que je suis aise de te revoir! je te trouve engraissé, mon fils. Embrasse donc ta fille Sanchette, qui t'attendait comme on attend la rosée du printemps. Viens, viens vite à notre maison ; nous avons, j'espère, bien des choses à dire.

— A ces mots, la mère et la fille prennent Sancho par-dessous le bras, son âne par le licou, et les amè-nent en les baisant tous deux.

La gouvernante et la nièce, sorties pour recevoir don Quichotte, firent éclater des transports de joie qui touchèrent notre héros. Il se pressa de leur raconter comment il avait été vaincu, et comment il avait juré de ne porter les armes d'une année. Le bachelier et le curé s'efforcèrent en vain de le consoler : rien ne put éclaircir la sombre tristesse qui se lisait sur son visage, et sa mélancolie augmenta le soir et le lende-main.

Quelques jours se passèrent ainsi : le silencieux don Quichotte semblait ne prendre attention à rien ; l'ap-pétit, le sommeil l'avaient abandonné. Sans se plain-dre, sans marquer d'humeur, il cherchait la solitude, rêvait, méditait sans cesse, et cachait avec soin les pleurs qui souvent bordaient ses paupières. Le seul Sancho, lorsqu'il venait le voir, lui causait encore un léger sourire ; mais c'était son unique réponse aux plaisanteries de son écuyer.

Le mal fit bientôt des progrès : le médecin, au bout de six jours, ne donnait guère d'espérance. Don Qui-chotte sentait son état.

— Mes chères filles, dit-il à sa servante et à sa nièce,

qui pleuraient, rendez grâce au Dieu tout-puissant,
dont l'infinie miséricorde vient de m'accorder aujour-
d'hui le plus signalé des bienfaits, le bien qui seul
peut procurer à l'homme un peu de repos dans cette
misérable vie et le mettre à même d'obtenir dans
l'autre la récompense des vertus. Ce bien si cher,
c'est la raison : je l'avais perdue, ma nièce, en em-
ployant mes trop longs loisirs à des lectures insensées;
le ciel me la rend aujourd'hui; je n'en jouirai pas
longtemps; ma reconnaissance n'en est pas moins
vive. Je veux profiter du moins de ces courts moments
pour réparer, autant qu'il est en moi, les erreurs de
mon long égarement, pour faire le bien que je n'ai
pas fait. Appelez donc, je vous prie, mon ami M. le
curé, le bachelier Samson, maître Nicolas et le fidèle
Sancho, à qui je dois demander pardon de lui avoir
fait partager mon délire.

Comme il achevait ces paroles, ils arrivèrent tous
quatre.

— Mes amis, reprit le mourant, je vous demandais,
je vous désirais. J'implore de vous le pardon des mauvais exemples que j'ai pu vous donner lorsque j'étais
privé de ma raison. Mon pauvre Sancho, oublions nos
vieilles erreurs sans oublier notre vieille amitié. C'est
toujours ton ami qui te parle, mais ce n'est plus don
Quichotte : c'est Alonzo Quixano, que l'on surnom-
mait autrefois le Bon.

On l'écoutait en silence, on se regardait avec surprise et douleur. Sancho, qui, jusqu'à ce moment, n'avait pu croire son maître en danger, tombe à genoux auprès du lit et se met à fondre en larmes. Le malade, lui tendant la main, le pria de le laisser avec M. le curé. Sa confession ne fut pas longue ; hélas ! son cœur était si pur ! il reçut ensuite les sacrements avec une piété, une résignation, une ferveur qui édifièrent tout le monde, et, le soir, étant retombé dans une grande faiblesse, il rendit son âme à Dieu.

FIN

CONCLUSION MORALE

———

— Que cette fin est triste et touchante après une histoire si gaie! dit l'enfant en terminant sa lecture. Je l'aimais bien, ce pauvre don Quichotte, si bon! si brave! si pieux! Quel dommage qu'il ait lu de mauvais livres! car il aurait été très-raisonnable, vraiment, s'il n'avait pas été si fou!

— Voilà qui ne ressemble pas mal aux judicieux refrains de M. de la Palice, dit en riant la grand'maman. Ta pensée est bonne cependant, mais il faut l'expliquer. Oui don Quichotte est né brave, charitable, juste; mais, n'ayant nourri son esprit que d'ouvrages mensongers et frivoles, il a cessé de discerner le vrai du faux ; il croit reconnaître le vrai courage dans la folle témérité des héros de roman ; leur ardeur indiscrète et brouillonne à redresser les prétendus torts d'autrui lui paraît un louable zèle pour la justice et la charité, et, dans son désir d'égaler leurs fausses vertus, il fait un mauvais usage de ses qualités naturelles, néglige ses devoirs et cause mille désordres.

On ne compose plus actuellement de romans de chevalerie, et des folies semblables à celles de don Quichotte ne sont plus à craindre ; mais les romans, quels qu'ils soient, produisent toujours de pernicieux effets.

Je dois encore te signaler le regrettable résultat de certains romans appelés *romans historiques*, qui ont pour sujet la vie d'un personnage célèbre ou un fait vrai quelconque, que l'auteur entoure et pare de détails imaginaires. Ces romans falsifient l'histoire, ils portent l'erreur et la confusion dans la mémoire de ceux qui croient y trouver une agréable occasion de s'instruire.

« La vérité, au contraire, mon enfant, orne l'esprit, affermit la raison, fortifie le cœur. N'aime et ne recherche qu'elle. Mais comment la reconnaîtras-tu, puisque le perfide mensonge sait parfois emprunter son aspect et contrefaire son langage? L'expérience, qui est la *science du passé*, peut seule démêler ses véritables traits. Aie donc recours, ma fille, à ceux qui la possèdent, à tes parents, à ceux qui t'instruisent, et détourne la main, ton regard, du livre qu'ils n'auraient pas choisi. »

ÉLISABETH MULLER.

TABLE

PARIS. — IMP. SIMON RAÇON ET COMP., RUE D'ERFURTH, 1.

www.ingramcontent.com/pod-product-compliance
Lightning Source LLC
Chambersburg PA
CBHW051140260626
47170CB00005B/1899